Die Schöne

un[illegible]

McBeast

May B. Flowers

Impressum:

May. B. Flowers
c/o autorenglück.de
Franz-Mehring-Str. 15
01237 Dresden

ISBN: 9798862564365

Covergestaltung unter Verwendung von Stockfotos und Canva
Paar: wedding couple at sunset in the mountains / Adobestock / Artem Zakharov

Winter christmas composition in paper cut style. Vector illustration. /Adobestock/ bokmok

Korrektorat: Eva Wagner

Über die Autorin

May B. Flowers schreibt über die große Liebe. In ihren Büchern gibt es immer Romantik, manchmal Gebäck. Vielleicht sind da auch Blumen.
May B. hat sich in ihrem Leben in chronologischer Reihenfolge und aufsteigender Wichtigkeit in Kuchen, Bücher, Großbritannien und ihren Mann verliebt. Die besten Einfälle für ihre humorvollen Romane hat sie beim Backen, und so gibt es bei ihr gern mal etwas Süßes – im Leben genau wie in ihren Geschichten.
Ihre Romane sind wie ein englischer Sommertag: Überwiegend heiter, auch wenn die Hauptdarsteller ihrer Geschichten manchmal durch einen kleinen Regenschauer müssen, um ihr großes Glück zu finden.

BISHER ERSCHIENEN:

Sternschnuppen über London – Cupids of London 1

Rosen für Mister Casanova – Cupids of London 2

Cupcakes und Rockstars – Cupids of London 3

Christmas für Carol – ein weihnachtlicher Liebesroman

Herzüber ins Chaos: 7 Minuten für die Liebe

Liebeschaos in Cornwall: 7 Minuten für die Liebe II

Kapitel 1

Grant

Santa Claus hat meinen Wagen angefahren.

Vor drei Minuten dachte ich, dieser Tag könnte nicht absurder werden, woraufhin sich das Leben gedacht hat: »Ach, nicht? Warte kurz …«

Warum auch nicht? Jedes Mal, wenn ich glaube, dass es kaum schlimmer kommen könnte, fühlt sich eine universelle Macht provoziert und flüstert grinsend »Halt mein Bier«, um mir die nächste Verrücktheit vor die

Füße zu werfen. Kopfschüttelnd steige ich aus meinem Wagen aus.

Andere haben einen Schutzengel, ich habe einen persönlichen Chaos-Beauftragten. Wenigstens eins beweist er immer wieder: Humor hat er. Am ersten Advent vom Weihnachtsmann das Auto zerbeult bekommen? Respekt. Auf einem Grundstück, auf dem absolut kein Verkehr herrscht und nur ein einziges anderes Auto steht. Das ist kreativ.

Ein eindrucksvoller älterer Herr mit weißem Rauschebart klettert aus dem Wagen, dessen breites Heck sich unschön in die Seite meines Bentleys gebohrt hat. Er trägt einen langen roten Mantel, der deutlich schwerer und *echter* wirkt als die Mäntel, die Kaufhausweihnachtsmänner tragen. Ochsenblutrot, mit Fellbesatz und Hornknöpfen, sehr zeremoniell. Und sein dichter Bart ist definitiv echt. Aye, eindeutig: *Father Christmas* höchstpersönlich. Da nimmt jemand diese Weihnachtssache aber ernst.

Natürlich ist seine Stimme laut und tief. »Entschuldigung!«, ruft er, »Wie ungeschickt, ich wollte nur wenden. Ich habe mich verfahren, eigentlich wollte ich nach Süden, aber ich glaube, ich bin eine Stunde lang nur nach Norden … und die Straße hier hinauf –«

Ist zu schmal zum Wenden, ich weiß. Trotzdem, auf dem Vorplatz von Dùn Flùraichean einen Wagen anzufahren? Wo hier sonst wirklich nichts, aber auch gar nichts steht außer dem Schloss? Leistung.

»Grant?« Harold kreischt mir schrill ins Ohr. »Was war das für ein Geräusch? Was ist passiert?«

»Ah!« Ich kneife die Augen zusammen und presse eine Hand über den Kopfhörer. »Nicht so laut!«

»Oh, tut mir leid«, sagt der Weihnachtsmann mit bemüht gedämpfter Stimme, und Harold brüllt durch die Telefonleitung: »Geht's dir gut?«

Ich hebe die Hand. Stopp, nur ganz kurz mal. Das ist alles ein bisschen zu viel. Um uns herum rauscht der Wind, der Himmel über den Highlands kündigt Regen an und ich will doch nur nach Hause. Das, wie ich vor wenigen Minuten von Harold erfahren habe, vielleicht nicht mehr lange mein Zuhause ist. Was für ein Tag!

»Ich bin untröstlich«, sagt Santa, »Ihr schöner Wagen! Was sollen wir nur tun?«

»Nichts, bitte gehen Sie einfach, ich telefoniere gerade«, zur Verdeutlichung tippe ich mir ans Ohr, »mit meinem Anwalt.«

So. Situation erklärt. Wichtiges Telefonat, keine Zeit für Formalitäten, niemand wurde verletzt, schönen Tag noch. Ich lächle mein bestes Alles-ist-gut-Lächeln. Das leider nicht bei ihm ankommt. Santas rote Wangen werden blass.

»Ihr Anwalt?« Er legt den Kopf schräg und zieht die buschigen Augenbrauen zusammen, als wolle er mich fragen, ob ich auch ein braver Junge war. »Können wir die Angelegenheit nicht irgendwie anders regeln?«

»Grant? Grant?« Harolds Stimme wird immer höher. »Hattest du einen … Unfall?«

»Nein. Nur einen Blechschaden am Bentley«, sage ich zu ihm und zu dem weihnachtlichen Herrn in Rot: »Wir müssen gar nichts regeln.«

»Aber gleich mit dem Anwalt …« Er schüttelt bedächtig den Kopf. Ich fühle mich eindeutig unbrav, dabei bin ich nur ungeduldig. Den Bentley kann ich reparieren, das ist nur eine Macke im Lack und eine Beule, aber das Schloss …

»Warten Sie«, Santa kramt in seinen Manteltaschen, und ich erwarte, dass er eine Liste mit meinen Unartigkeiten aus dem vergangenen Jahr zückt. »Hier meine Karte. Das können wir sicher über unsere Versicherungen klären. Ich schreibe Ihnen meine Privatnummer …«

Es ist doch zum … An jedem anderen Tag hätte ich die nötige Geduld und den Humor für diese Situation, aber jetzt?

»Und Sie? Wollen Sie mir nicht auch Ihre Karte …?« Santa sieht mich so hoffnungsvoll an, dass ich mein Portmonnaie zücke und ihm eine meiner Karten in die Hand drücke. Habe ich lange nicht mehr gemacht. Auf Dùn Flùraichean und in den Dörfern weiß jeder, wer ich bin.

»Oh, Sie wohnen hier.« Santa zeigt auf das Schloss.

»Wenn man mich lässt, ja. Und jetzt entschuldigen Sie mich bitte. Anwalt«, ich tippe wieder an den Kopfhörer und wedle gleichzeitig mit meinem Handy. »Wichtiger Anruf. Gute Fahrt.«

»Gut«, Harold atmet hörbar aus. »Blechschaden. Also nichts Schlimmes. Wo waren wir?«

Ich signalisiere Santa, dass er fahren soll, bye, habe zu tun, und knülle seine Karte in meine Jackentasche.

»Wir sollten klären, was unser nächster Schritt ist«, ich massiere mit Zeigefinger und Daumen die Nasenwurzel. Kopfschmerz im Anmarsch. »Kann man so etwas nicht, ich weiß nicht, anzeigen oder so? Verklagen?«

»Anzeigen! Verklagen!« Santa sieht mich mit offenem Mund an. »Gibt es denn keine andere Möglichkeit?«

Ich wende mich ab, um mich auf das Telefonat zu konzentrieren, denn Harold redet unbeirrt weiter. Er zählt mir meine Optionen auf, ich schüttle den Kopf und erkläre, dass nichts davon eine Option für mich ist. Auszahlen lassen und ausziehen? »Nein, absolut unmöglich.«

Der Weihnachtsmann läuft um mich herum und setzt an, etwas zu sagen. Ich zeige noch einmal auf den Kopfhörer und sage tonlos: »Guten Tag.«

»Mögen Sie Weihnachten?«

»Bitte?« Ich kann mich so nicht konzentrieren. »Warte mal, Harold. Was ist mit Weihnachten?«

»Ob Sie Weihnachten mögen?«

»Ob ich … natürlich. Weihnachten. Tolle Erfindung. Jeder mag Weihnachten. Ich veranstalte einen Ball zu Weihnachten.« Was fasel ich denn da? Wenn Harold und ich nicht sofort eine Lösung finden, war's das mit fröhliche Weihnachten und irgendwelchen Bällen. Mit überhaupt irgendwas in diesem Schloss. »Wenn Sie mich jetzt bitte entschuldigen würden? Ich muss jetzt wirklich ein paar wichtige Dinge mit meinem Anwalt …«

Santa verzieht das Gesicht, als hätte ich ein überaus unanständiges Wort gesagt.

»Wissen Sie was?«, sagt er mit Blick auf meinen ramponierten Bentley, »ich habe eine ganz ausgezeichnete Idee, wie ich das wiedergutmachen kann! Ich schenke Ihnen die schönste Weihnachtsfeier aller Zeiten, ja?« Er blinzelt zum Schloss, kneift ein Auge zu, als würde er etwas berechnen. »Ja, genau. Ich komme mit meinen Helfer-Elfen, das wird wundervoll, Sie werden sehen!«

»Mhm. Elfen. Alles klar.« Dieser Kerl hat also nicht nur keine Ahnung vom Autofahren, er ist auch sonst komplett neben der Spur. Helferlein, spitzohrige bestimmt. »Machen Sie das, guter Mann. Schicken Sie

Elfen und bitte auch Rudolph und seine Freunde, dann ist alles vergessen.«

»Rudolph«, murmelt er. »Nach Schottland. Ich denke, das bekomme ich hin.«

»Fantastisch.« Mein Kopf. Ich lege mir meine kalte Hand in den Nacken. Dieser Tag wird immer besser.

»Ho-ho-ho!«, ruft Santa. »Frohe Weihnachten, das wird wundervoll!«

Ja, ganz wundervoll. Santa klettert zurück in seinen Wagen und fährt vom Hof. Endlich Ruhe! Kopfschüttelnd konzentriere ich mich wieder auf das Telefonat.

»Es steht schlecht«, Harold ist jetzt wieder professionell, »ich habe das Testament deines Vaters vom ganzen Team prüfen lassen, es gibt keine Lücken. Dein Vater hat Ava Dùn Flùraichean versprochen –«

»Aber er hat sich von ihr scheiden lassen! Er hat nur vergessen, das Testament zu ändern, wir müssen doch irgendetwas …«

»Juristisch betrachtet, nein.« Harold seufzt vernehmlich. »Das zählt leider überhaupt nicht.«

»Ich habe jahrelang nichts anderes gemacht, als das alte Gemäuer zu renovieren! Und sie hatte zu keinem

Zeitpunkt Interesse an Dùn Flùraichean. Jetzt, wo alles fertig ist, fällt ihr ein, dass sie nach Schottland zurückkommen und auf Dùn Flùraichean Urlaub machen will?«

»Ähm. Nein. Sie will nicht nach Schottland zurück, hast du mir denn nicht zugehört? Ava hat vor, das Schloss zu einem Golfhotel mit Spa umzugestalten, das habe ich ausführlich erzählt!«

»Sie will bitte was?« Ich lasse meinen Blick über die weiten Grünflächen vor dem Schloss wandern, aus dem mein Dad so unbedingt einen Golfplatz machen wollte, bevor er den Plan wieder verwarf. Da hatte er aber bereits die alten Gartenanlagen zerstören und viele der Bäume fällen lassen. Golfplatz. Ich sehe nur nutzlose Fläche. »Sorry, aber bei dem Thema hat wohl gerade der Weihnachtsmann meinen Bentley zerbeult.«

»Der Weihnachtsmann? Geht's dir wirklich gut, Grant?«

»Nein, es geht mir *nicht* gut. Meine verrückte Stiefmutter – die nur übrigens nur sieben Jahre älter ist als ich – will mein Schloss!« Stiefmütter erwachsener Männer sollten nicht Anfang vierzig sein. Hätte mein Dad sich nicht in eine weniger berechnende Frau verlieben können? Das ist so ein Klischee, reicher Mann mit junger, schöner Frau. Und dieses Exemplar hat es tatsächlich, wie es sich für ein Klischee gehört, nur auf sein Geld abgesehen. Ich trete gegen den Reifen meines Autos. Aus dem Augenwinkel sehe ich die Küchengardine im Erdgeschoss zufallen. Jeanne Marie verdreht sicher die Augen, weil ich mich wie ein bockiger Dreijähriger aufführe. »Mein Schloss, mein Schloss.« Fehlt nur, dass ich mich auf den Boden werfe und mit den Fäusten trommle. Ja, aber es ist *mein* Schloss. Hier habe ich meine halbe Kindheit verbracht, hier wollte ich alt werden. »Ich dachte, wenn sie auf ihren Teil von Dùn Flùraichean verzichtet …«

»Aber das ist gerade der Punkt, Grant. Ava hat nicht verzichtet. Laut Testament habt ihr fünf Jahre nach dem Tod deines Vaters Zeit, euch zu einigen, wer Dùn Flùraichean übernehmen möchte. Davon sind vier Jahre und elf Monate um. Bis zum Ende des Jahres kann sie sich noch entscheiden.«

»Warum jetzt? Sie hätte die ganze Zeit mit mir reden können!« Ich drehe eine weitere Runde auf dem Vorplatz, Sand knirscht unter meinen Schuhen. Ich laufe seit Minuten im Kreis, innerlich wie äußerlich, aber das bringt mich nicht weiter. Also bleibe ich stehen und sehe zum Schloss, das ich in den letzten Jahren wiederaufgebaut habe, wie es mich wiederaufgebaut hat. Jeden Nagel, jede lose Diele kenne ich in diesem Gemäuer, ich weiß, wie die Wandfarben mit Vornamen heißen. Ich habe Stufen repariert, habe Tapeten abgerissen und war manchmal so wütend auf dieses sture alte Haus, doch dann hat es mich immer wieder überrascht. Zum Beispiel, als unter grauenhaften Siebzigerjahre-Modernisierungen uralte Wandtäfelungen aus dem siebzehnten Jahrhundert zum Vorschein kamen. Oder als ich in einem der Zimmer den Türrahmen wiederfand, an dem mein Großvater sorgfältig Bleistiftstriche über meinen Kopf gezogen hatte, um zu sehen, wie viel ich von einem Weihnachten zum nächsten gewachsen war. Er liebte dieses störrische alte Schloss so sehr wie ich. Nur mein Vater konnte es nie ausstehen. Zu weit draußen, zu alt, zu viel Arbeit. »Manchmal überspringt es eine Generation«, erklärte er, als wäre meine Liebe zum Schloss ein merkwürdiger Gendefekt. Er überließ das Gebäude und die Ländereien einem unterbezahlten Verwalter und zog nach Florida, wo er Ava kennenlernte, heiratete und Schottland und das Schloss irgendwann vergaß.

Dùn Flùraichean bröckelte an allen Ecken und Enden auseinander, war heruntergekommen und mehr als renovierungsbedürftig, als ich vor fünf Jahren hierherkam. Genau wie ich selbst. Wir beide waren vergessen und uns selbst überlassen, und jetzt, wo es wieder vorzeigbar ist, will Ava darüber reden? Ah. Das wird es sein. Vermutlich hat sie gehört, dass ich es renoviert habe. Wir kennen die gleichen Leute, und diese stille Post hat schon immer gut funktioniert. Ava ist besonders an Informationen zu Immobilien interessiert, es ist eine Art Hobby von ihr, sie zu sammeln. Sie besitzt Häuser in Florida und Penthouse-Wohnungen in New York, wenn sie etwas wirklich nicht braucht, dann mein Schloss! »Du kannst ihr ausrichten, dass ich mich entschieden habe, hierzubleiben.«

Am anderen Ende höre ich Papier rascheln und diese Stille, die entsteht, wenn jemand versucht, etwas auszusprechen, das er lieber nicht sagen möchte.

»Was, Harold? Was noch?«

»Im Zweifelsfall hat dein Vater ihr das Recht eingeräumt, zu entscheiden.«

»Sag, dass das nicht wahr ist.«

»Könnte ich sagen, würde deshalb ja aber nicht stimmen.«

»Harold!«

»Entschuldige. Du hast bei der Testamentverlesung damals überhaupt nicht zugehört, oder?«

»Natürlich habe ich zugehört. Nur nicht die ganze Zeit.«

»Offensichtlich.« Harold seufzt. »Es wird jetzt alles ein bisschen schwierig. Wir haben aber einiges rausbekommen, pass auf. Nach dem, was man so hört, hat Ava ein Büro hier in London beauftragt, sich das Schloss anzusehen und ihr eine Einschätzung zu schicken, ob es sich lohnt, daraus ein Spa mit Golfplatz zu machen.«

»Pah! Golfplatz, das Gelände soll renaturiert werden, und ich wollte …«

»Grant, hör mir zu. Diese Gutachterin wird demnächst bei euch auftauchen.«

»Na fantastisch! Wen schickt sie? Kannst du vielleicht vorher schon einmal mit ihr sprechen, mit dieser Gutachterin?«

»Nein, ich habe keine Ahnung, wer kommt. Ich habe gehört, dass es jemand von Parker und Brown sein könnte, sie haben eine knallharte Immobiliengutachterin, soll wie ein Engel aussehen, aber boshaft und hinterhältig sein. Also Vorsicht.«

»Vorsicht, toller Tipp, vielen Dank, Herr Anwalt. Wie soll ich denn bitte vorsichtig sein, Dùn Flùraichean spricht für sich. Sie wird sehen, dass das Schloss wie neu aussieht und dass das Land geradezu prädestiniert ist für einen verfi–«

»Grant!«

»Was!«

»Noch eine Sache. Es gibt eine Bedingung im Testament.«

»Und die wäre?«

»Wenn Ava Dùn Flùraichean übernehmen möchte, ist sie verpflichtet, alle Angestellten zu behalten, bis zur Rente. Sie dürfen weiterhin dort in ihren gewohnten Positionen arbeiten und auf dem Grundstück wohnen. Außerdem muss sie auch dir ein Wohnrecht auf Lebenszeit einräumen, in einem von dir gewählten Zimmer. Das ist doch sehr nett?«

»Nett?« Mein Vater muss vorübergehend den Verstand verloren haben, als er mit Ava zusammen war. Ich darf hier wohnen, wie entzückend. Mir steht das verdammte Haus zu, nicht einer Frau, die nur einmal zur Hochzeit für wenige Tage in Schottland war, das Wetter und die Sprache grauenhaft fand und sich nie wieder gemeldet hat. Nicht einmal, als Dad starb. »Ich will hier nicht wohnen, wenn ein Haufen Touristen in Bademänteln durch die Gänge schlurft oder Golfbälle durch die Gärten fliegen!«

»Verstehe ich. Aber wenigstens darf sie dich und deine Leute nicht einfach rauswerfen. Das ist immerhin ein Lichtblick.«

Lichtblick! Wenn das ein Hotel wird, wird Jeanne Marie plötzlich Hotelköchin, wird Hamish weiter Mädchen für alles bleiben, bloß zwischen flauschigen Bademänteln. Paul und Alan werden nicht etwa nach ihrer Ausbildung ein Konzept für die Wiederbelebung der Landschaft erarbeiten, sondern Golfplatzrasen pflegen. Lucy wird zwischen snobistischen Menschen aufwachsen, die von Gesichtspflege und ihren Golf-Handicaps plappern. Das ist nicht zumutbar! Oder? Vielleicht wollen sie das sogar. Wir werden darüber abstimmen. Auch wenn ich den Gedanken wie die Pest hasse, sie könnten dafür sein. Möglich, dass sie daran interessiert sind, schließlich sind es superliebe Menschen, die sich gern um Gäste kümmern. Sobald die Gutachterin sieht, wie gastfreundlich und herzlich mein Team ist … Moment. »Ha! Harold! Du bist ein Genie!«

»Natürlich bin ich das. Aber sag noch einmal, warum genau ich das bin?«

»Weil du mich auf eine Idee gebracht hast, wie wir das Schloss behalten können.« Es ist ganz simpel. Soll sie nur kommen, diese Gutachterin.

Kapitel 2

Tina

»Ob der was erleben kann?«, frage ich.

»In fünfhundert Metern links abbiegen«, antwortet mein Navi.

»Na, und ob! McOberarsch kann so richtig was erleben! Verbal, natürlich, und möglichst diplomatisch, sonst kommt der auch mir mit seinem Anwalt. Anwalt!«

»Halten Sie sich links.«

»Du sagst es, Naviline! Für wen hält der sich bitte? Schlossbesitzer, pah! Das gibt ihm noch lange nicht das Recht … gibt es ihm nicht. Es ist nämlich so: Ein dämliches Schloss in Schottland ist – rein materiell betrachtet – auch nicht toller als ein Apartment in London.«

»In zweihundert Metern bitte links abbiegen.«

»Ja, klar kann ich mir auch kein Apartment leisten, jetzt reib mir das nicht unter die Nase! Professionelle Weihnachtsfrau ist nicht unbedingt die klügste Entscheidung, weiß ich auch. Auch rein materiell betrachtet. Als Job ist es der beste Job der Welt.«

Besser als Schlossbesitzer auf jeden Fall. Was muss man dafür schon können? Erben, oder? Dad hat erzählt, dass dieser McBalfour ein großer, misslauniger Schotte mit miserablen Umgangsformen sei.

Dad hat das natürlich etwas anders formuliert, weil er dazu neigt, auch in einem Stein noch einen guten Charakter zu vermuten. Aber ich habe gesehen, wie gestresst er war, als er vor zwei Wochen aus Schottland kam.

»Hier links?«

»Biegen Sie links ab.«

»Mach ich! Hübsch hier, oder? Guck mal, überall Landschaft!« Winterliche Wälder und weite Täler, am Horizont schroffe Berge vor spiegelglatten Seen. Und das Licht! Das Licht der sinkenden Sonne fällt leuchtend golden durch graue Wolkenberge. Dieses Land wirkt bedrohlich und wunderschön, wie in kühlen Aquarellfarben gemalter Winter.

An Horizont und Weite bin ich gar nicht mehr gewohnt. Aber es ist schön. Weit und karg und … beruhigend. Möglicherweise liegt es auch an der Kälte, dass ich immer weniger wütend bin. Und das, wo ich mich gerade so schön aufrege. »Ich meine, was fällt dem ein, Dad so zu erschrecken? Wer droht denn bitte einem gemütlichen alten Weihnachtsmann damit, ihn zu verklagen?«

Völlig aufgelöst kam Dad von dem Fototermin für den offiziellen Weihnachtsmann-Kalender aus Edinburgh zurück. Letztes Jahr hatten wir ihn dazu bekommen, endlich in Rente zu gehen, weil sein Herz die ganze Aufregung nicht mehr so leicht verkraftet wie früher einmal. Seitdem führen Bruder Nick und ich unser Familienunternehmen *Christmas Crew Ltd.* ohne Dad. In den letzten Monaten frage ich mich immer öfter, wie lange wir noch zu zweit davon leben können.

Die Modernisierungen waren teuer, wir haben im letzten Jahr alles, was möglich war, auf erneuerbare Energien umgestellt. Wir haben ein Wäldchen voller Weihnachtsbäume angelegt, die nicht gefällt und verkauft, sondern vermietet werden. Das alles kam sehr gut an, aber gleichzeitig sind die Aufträge kleiner geworden. Die Welt feiert weniger, nicht nur wir müssen uns fragen, was wir uns leisten wollen. Dabei ist Weihnachten mein ein und alles. Nick und ich, wir sind mit Weihnachten aufgewachsen. Wir waren die kleinen Helfer des Weihnachtsmanns, seine Elfen, und schließlich, als wir erwachsen waren, haben wir selbst die Rollen des Weihnachtsmannes, des Engels, der Weihnachtsfrau übernommen. Wir hatten immer so viel zu tun um die Feiertage, dass jeder von uns bei einer anderen Veranstaltung aufgetreten ist.

Dieses Jahr haben wir das erste Mal freie Kapazitäten, Last-minute-Veranstaltungen zu planen.

Das war früher nicht so. Aber auch damit werden wir Dad nicht beunruhigen, er sollte seinen Ruhestand genießen und sich um nichts mehr Sorgen machen.

Das war zumindest die Idee. Aber nein, letzte Woche rauscht er plötzlich aufgeregt in die Küche unserer City-Farm, wo wir mit Bergen an Weihnachtsdeko und den Rentieren leben, und verkündet, er bräuchte sofort das Spezial-Deko-Set. Code Gold statt Code Red, denn die Dekoration ist nur für besondere Feiern. Mum und er sammelten im Laufe der Jahre edlen Schmuck zusammen, für den unwahrscheinlichen Fall, dass sie irgendwann einmal zehn Adelshäuser auf einmal von oben bis unten in Weihnachtsglitzer tauchen müssen.

»Sie hatten in den Achtzigern einmal eine Anfrage für eine Weihnachtsfeier in einem Jagdschloss in Somerset! Einmal! Und dafür haben sie kistenweise Zeugs eingekauft, das sie nie benutzt haben.«

»Die Route wird neu berechnet.«

»Mach das. Berechne. Aber es ist wirklich ein Unding, oder? Nick und ich sorgen uns ständig, dass Dads Herz das alles nicht mehr mitmacht, und kaum geht er in Rente, gerät er an so einen Widerling!« Ich rüttle am Lenkrad. »Fast wäre er selbst wieder hier hochgefahren, du hättest ihn sehen sollen! Zu viert mussten wir ihn davon abhalten. Mitten im Winter in die Highlands. Was für ein egoistischer Trottel, dieser Mc, oder?«

Natürlich werde ich mich um die Vorbereitungen für seinen dämlichen Weihnachtsball kümmern, aber Dad zu drohen? Mum hat mir wieder einmal eingeschärft, ich müsste mein Temperament in Zaum halten. Seit Jahren bringen sie und meine Freunde mir T-Shirts mit, auf denen verschiedene Versionen des Ceep-calm-and-drink-tea-Spruches stehen. Ich bin entspannt! Immer! Es sei denn, jemand hat sich denen, dich liebe, gegenüber schlecht benommen. Und McDings hat sich danebenbenommen. Dafür bekommt er eins auf den Deckel, das kann er aber wissen!

Im Moment weiß allerdings niemand irgendwas, ich schon gar nicht, ich habe nämlich keine Ahnung, wo zum verwirrten Rentier ich bin. Dabei wollte ich vor der Dämmerung am Pub sein, in dem ich ein Zimmer mieten wollte. Diese Straße sieht aber nicht so aus, als würde sie in ein Dorf führen. Dabei wäre ich gern so schnell wie möglich im Warmen. Ich hätte dem alten Pick-up eine Sitzheizung einbauen sollen. Je weiter nördlich ich komme, desto kälter wird es. Ich bibbere seit Aviemore vor mich hin und versuche, mich an meiner Wut zu wärmen. Das klappt nur leider nicht, weil ich zwischendurch immer wieder so begeistert von der atemberaubenden Landschaft war, dass ich alles andere vergessen habe.

»Bei der nächsten Möglichkeit bitte wenden.«

»Warum?« Ich sehe mich um. »Und wie? Die Straße ist schmaler als mein Auto, wo soll ich denn hier wenden?«

»Bitte wenden.«

Die Straße ist *nicht* schmaler als mein schnuckeliger alter Morris Minor Pick-up-Truck, aber wenn ich das Fenster runterkurbeln – ja, kurbeln! – und die Hand ausstrecken würde, könnte ich die gelb gewordenen Farne am Wegrand berühren, die vor den verwitterten, dicken Steinmauern wachsen. Die Straße wird rechts und links von diesen Mauern umsäumt, wenden unmöglich. Nach den offenen Straßen der letzten Kilometer wirkt das verdächtig wie ein Weg zu einem privaten Grundstück.

»Bitte wenden.«

»Kannst du dich mal kurz entspannen? Hier ist keine Wendemöglichkeit! Das hättest du dir auch wirklich überlegen können, bevor du mich hier entlang geschickt hast. Links, hast du gesagt, unbedingt nach links, und guck, wo uns das … ooooh. Du meintest das *andere* Links.«

Ich tätschle mein Uralt-Navi. Dad war der festen Überzeugung, dass ein Navi hier oben sinnlos wäre und nicht funktioniert und das Schloss »einfach so« aufgetaucht wäre. Dabei kenne ich seinen Orientierungssinn. Er ist der beste Santa Claus zwischen hier und Dover, aber hinfinden würde er nicht, nach Dover, selbst wenn die ganze Strecke geradeaus ginge und mit Lichterketten ausgeleuchtet wäre.

»Okay, dann fahre ich mal hier weiter und gucke, ob hinter der Kurve da eine Wendemöglichkeit ist. Und du ruhst dich so lange aus.«

Ich schalte das Navi stumm und folge der engen Straße, bis die begrenzenden Steinmauern immer weiter werden und direkt auf einen runden Schlossvorplatz führen. Schloss. Vorplatz. Ah, Mistikack! Ich wollte erst morgen früh hier auftauchen, ausgeruht, in Kampfbemalung und Einschüchterungs-Outfit.

Stattdessen trage ich meine Lieblingsknuddelhose, ausgetretene Boots und Strickpulli. Wo doch Hosenanzug und Stiefel geplant waren. Und Make-up! Und das, wo solche Menschen (»Mein Anwalt, mein Anwalt, mömömö!«) sich von Äußerlichkeiten beeindrucken lassen.

Gerade als ich überlege, brav im Kreis zu fahren, unauffällig am Schloss vorbei und zurück auf die Straße, über die ich gekommen bin, tritt ein Mädchen durch die riesige Eichentür. Als sie mich entdeckt, rennt sie die breiten Treppen herab, wild winkend. Hm. Blöd jetzt. Weiterfahren sieht ein bisschen albern aus, vor allem, wenn ich morgen wieder hier auftauche, also werde ich langsamer und halte an. Und schon taucht der kleine Rotschopf neben dem Fahrerfenster auf, breit grinsend. Nein, ist die niedlich! Große Kulleraugen, drei helle Sommersprossen auf der Stupsnase und eine Zahnlücke, durch die sie sicherlich großartig Kirschkerne spucken kann.

»Hallo!«, ruft sie ins Auto, als ich das Fenster herunterkurble. Ich lächle ihr zu und werde sofort mit atemlos aneinandergereihten Informationen beworfen. »Ich bin Lucy. Eigentlich wollte Dad mich Liùsaidh nennen, das bedeutet im Gälischen ›hell‹. Aber Mum wollte eine Lucy. Das heißt auch Licht. Lucy Mackenzie. Mackenzie heißt Sohn von Coinneach, dabei heißt mein Vater Hamish und ich bin auch kein Sohn. Aber meine Brüder sind Söhne. Hast du Brüder? Wer bist du?«

Ich lache. »Ich bin Tina, das bedeutet im Altenglisch Fluss und …«

»Bist du der Engel aus London?« Sie zeigt auf meine Haare.

In ihren grauen Augen zieht ein kleines Gewitter auf. Dabei freuen Kinder sich fast immer, mich zu sehen. Die meisten sind von meinen wild abstehenden blonden Locken fasziniert, und wenn ich mein Weihnachtskostüm trage und Märchen erzähle …

»Ja, manchmal sagen Leute, dass ich wie ein Weihnachtsengel aussehe.« Ich schiele übertrieben zu meinen Locken und bewege den Kopf ein bisschen, sodass sie wippen. Meist bringt Kinder das zum Lachen, aber Lucy kneift kritisch die Augen zusammen.

»Wir haben auf dich gewartet.« Lucy verschränkt die Arme.

Merkwürdig. Und woher wusste sie, dass ich komme? Vielleicht hat Dad mich angekündigt? Dabei hatten wir beschlossen, dass wir McIch-hol-meinen-Anwalt am besten überraschen sollten. Nicht, dass er ein Gespräch vorher als Gelegenheit nimmt, Dad eine fette Rechnung für den Schaden an seinem Wagen zu verpassen.

»Bist du hier, um Dùn Flùraichean anzugucken?«

»Genau dafür bin ich da. Und um es hübscher zu machen.«

»Dùn Flùraichean ist hübsch!« Ihre Unterlippe beginnt zu beben, doch bevor ich irgendetwas Tröstendes sagen kann, ist sie schon über den Platz gerannt und wieder die Treppe hinauf.

»Sie ist hiiii-eeer!«, brüllt sie durch die Flügel der hohen Eichentür, ein hohles Echo antwortet leise ier-ier-ier.

Sehr merkwürdig.

Ich steige aus, streiche meinen Pulli glatt und schüttle meine Beine ein wenig aus. Das ist also mein erstes Schloss. Wenn es ein echter Auftrag wäre, unter anderen Bedingungen, würde ich mich wie ein Plätzchen freuen, es weihnachtlich herzurichten. Es ist ein Traum! Dùn Flùraichean sieht aus wie ein Schloss, in dem Märchen wahr werden. Düster ragt das Natursteingebäude in den winterblassen Himmel auf, es gibt Türmchen und Zinnen, auf denen die blauweiße schottische Fahne im Wind flattert, der jetzt auch mich erwischt. Kalt. Es ist klirrend kalt, aber ich will nicht einfach so unangekündigt ins Schloss gehen. Obwohl ich könnte, Lucy hat die Tür einen Spaltbreit offengelassen. Anscheinend hat niemand vor, mich hereinzubitten. Etwas unschlüssig stehe ich herum, bis ich einsehe, dass wirklich niemand kommen wird (obwohl die Gardinen im Erdgeschoss sich eindeutig bewegen!) und ich vor Kälte bibbere. Nein, so nicht. Höflich erfrieren muss leider entfallen.

Entschlossen schiebe ich die schwere Eichentür auf und merke sofort, warum Lucy sie nicht richtig geöffnet hat: Diese Tür ist nicht nur schwergängig, sie macht auch einen Höllenlärm. Die Angeln quietschen und knarzen, meine Ankunft wird unüberhörbar angekündigt. Nur ist niemand da, um mich zu begrüßen, außer einer alten Ritterrüstung, die etwas verloren neben dem Eingang steht.

Der Rest der Halle versinkt in Dämmerlicht. Draußen scheint die blasse Wintersonne, hier drinnen ist bereits Nacht. Keine der Lampen an den nackten

Steinmauern ist eingeschaltet. Schwaches Licht, das durch die trüben Fenster fällt, lässt mich gekreuzte Schwerter an den Wänden erkennen, goldgerahmte Gemälde gradnasiger, strengblickender Schlossbesitzervorfahren. Dazwischen immer wieder die Köpfe ausgestopfter Tiere. Irgendwo weiter hinten erkenne ich eine große Treppe, die direkt in die Finsternis führt. Daneben hebt ein ausgestopfter Bär seine bedrohlichen Pranken.

»Dein Stil?«, frage ich die Ritterrüstung, weil sonst niemand da ist. »Ganz auf der Höhe deiner Zeit, hm? Muss man mögen.«

Tu ich nicht. Tiere mag ich lebend und nicht an der Wand, aber bitte. Schotte mit Anwalt. Was habe ich erwartet. Ein kalter Windhauch zieht an mir vorbei. Die geöffnete Tür sorgt für einen ordentlichen Durchzug, das kann so nicht gewollt sein. Schnell schiebe ich die Tür wieder zu und ernte zum Dank ein weiteres kreischendes Quietschen und ein weiterhin ausdrucksloses Gesicht von meinem neuen Blechfreund.

»Puh«, sage ich und deute mit dem Daumen auf die Tür. »Da muss aber mal wer mit WD40 und einem Schraubenzieher ran, was?«

»Wie meinen?«

Eine tiefe Stimme dröhnt durch die dunkle Halle, und ich springe vor Schreck rückwärts, remple die Rüstung an, die scheppernd protestiert. Beherzt greife ich zu und kann den Blechhaufen gerade noch davon abhalten, zu Boden zu gehen.

»Hoppla!« Ich halte den Ritter wie Tänzer ihre Partnerinnen beim Tango, er theatralisch nach hinten gelehnt, ich eine Hand unter seinem Helm, eine unter seinem Rücken. Ungeschickt stelle ich die Rüstung wieder auf. Hm. Eben noch Tango, jetzt Breakdance. Seine Schulter hat sich verschoben, sein Kopf ist zur Seite geneigt, ein Arm ist rechtwinklig abgespreizt. Wenn ich hier ein wenig drehe … ja, besser. Ich höre ein ungeduldiges Räuspern. »Sorry!«

»Sorry? Sorry?« Die donnernde Stimme wird von den Wänden zurückgeworfen und hallt in meinen Ohren. Mit vibrierendem R, tiefen Vokalen und einer großen Portion Arroganz erklärt die Dunkelheit mir: »Sie sind keine fünf Minuten auf meinem Grund und Boden, und schon wollen Sie meiner Tür an den Kragen und gehen auf die Rüstung meines Ururur…«, die Stimme verklingt, als würde der Besitzer Urs zählen, bevor er den Plan verwirft und laut weiter donnert: »… gehen auf die Rüstung los?«

»Aber … ich will überhaupt niemandem irgendwas, ich bin nur …«

Moment. Mooooment. Ich werde mich nicht rechtfertigen, wessen Tür quietscht denn bitte, meine doch wohl nicht! Und der Ritter steht da aber auch ungünstig! Wo ist der Stimmenträger überhaupt, was ist denn das für eine Unsitte, seine Gäste aus der Dunkelheit heraus anzugrollen? Ich denke, man ist in den Highlands so gastfreundlich? Hm? Ah! Ungehobelter Schlossherr, da war ja was. »Wo sind Sie überhaupt?«

Aus den Schatten tritt ein Mann. Groß, schlank, offensichtlich extrem selbstbewusst und genauso offensichtlich schottisch. Von den Lederschuhen über den Kilt bis zum Tweed-Jackett, von den bestrumpften Waden bis zu den dunklen Haaren sagt alles an ihn Highlands. Der Kerl sieht aus, als wäre er direkt aus einem der Gemälde an den Wänden gestiegen. Seine Schläfen werden bereits weiß, dabei kann er nicht viel älter sein als ich. Stilecht wird er begleitet von einem riesigen schottischen Deerhound. Ein struppiges graues Tier mit aufmerksamen warmen Bernsteinaugen.

»Sitz, Piper.« Mein Gastgeber strahlt Überheblichkeit aus. Er sieht auf mich herab, als wäre ich unwürdig, sein Schloss zu betreten. Das und sein gesamter Auftritt – Donnerstimme und dieser Anflug von Wut in den dunklen Augen – lässt mich meinen Plan über Bord werfen. Ihm die Meinung sagen? Könnte ich. Aber diese lauten Typen neigen dazu, dann noch lauter zu werden, und schwups, stehen wir in der schönsten Brüllerei, niemand gewinnt und er fordert eine Entschädigung für den Wagen. Wie ärgerlich. Das verlangt nach Plan B. *Kill them with kindness*, unser inoffizielles Familienmotto. Ich lächle mein strahlendes Weihnachtsengel-Lächeln. Das, an dem cholerische Kaufhauschefs sich die Zähne ausbeißen und an dem Kinder in Gegenlaune verzweifeln. Ich bleibe nur kurz, das halte ich durch. Das Ganze wird vermutlich kein innerliches Kuchenessen, dafür eben ein innerliches Mittelfingerzeigen. Ich lege ein bisschen extra Strahlen in mein Lächeln.

Mein Gegenüber runzelt die Stirn, was eine schnurgerade Narbe in seiner rechten Augenbraue betont. »Ich hoffe, Sie haben keine Angst vor Piper. Sie kann etwas ungehalten werden. Fremden gegenüber. Ich bin Grant McBalfour.«

Piper macht leise wruff und schnuppert neugierig an meiner Hand.

Ihr Herrchen sieht mich noch grimmiger an. »Und Sie sind?«

Ich? Ich bin verliebt.

Kapitel 3

Grant

Wir haben das geübt. Piper, habe ich gesagt, guck gefährlich, die Lady ist das personifizierte Böse, lass dich auf nichts ein. Und Piper, beste aller Hündinnen, hat bei unserem tagelang trainierten Auftritt brav grimmig geguckt.

Alles lief wie am Schnürchen. Operation Gastfeindlichkeit Phase eins war perfekt organisiert: Paul hat alle Glühbirnen rausgedreht, Jeanne Marie und Hamish haben die Fenster mit einer Mischung aus Stärke und Wasser stumpf geputzt. Wir haben überall die Heizungen ausgeschaltet, und ich habe mühsam alle Türen auf den Urzustand zurückgesetzt, jetzt schieben sie sich wieder scharrend über den Boden, und durch die Ritzen heult der Wind wie geplant. Aber diese Engländerin steht da und kaspert fröhlich mit der dämlichen Ritterrüstung herum, als wäre das alles nichts! Und jetzt auch noch Piper, diese Verräterin. Guckt exakt so lange wie eine Nachfahrin der letzten schottischen Wölfin, bis diese Person sich gurrend zu ihr hinunterbeugt und »Wer ist ein gutes Mädchen?« ruft!

Nun rollt meine vermeintlich gefährliche Jagdhündin sich auf den Rücken und lässt sich von der Londonerin den Bauch kraulen! Besagte Londonerin sieht gar nicht nach strenger Gutachterin aus, das Verhalten ist auch gänzlich unstreng. Wer stürzt sich denn sofort auf den Hund der gegnerischen Partei? Vielleicht ist das eine Psycho-Taktik, um sympathisch zu wirken. Was sie perfekt beherrscht, dieses Sympathisch-Wirken. Die Engländerin mit den wippenden, goldenen Locken hat eine verwirrend herzliche Ausstrahlung und sieht tatsächlich aus wie ein Engel, da hatte Harold recht. Aber sie lacht rau und tief über Pipers Freude, so gänzlich unengelhaft und ansteckend. Darauf war ich nicht vorbereitet.

Ah, ich hätte Alan nicht erlauben dürfen, das Internet lahmzulegen, sonst hätte ich mich besser informiert, aber nein, ich musste ja so schnell wie möglich das Schloss so unattraktiv wie möglich wirken lassen und meine Arbeit von fünf! Jahren! in nur einer Woche zunichtemachen. Kein Internet erscheint mir jetzt etwas übers Ziel hinausgeschossen, aber Alan bestand drauf. »Es ist nämlich so«, erklärte er mir, »dass der Städter an sich es keine fünf Minuten offline und ohne Smartphone aushält.« So würde es eine Londonerin garantiert in die Verzweiflung stürzen, wenn sie sich für ihren Aufenthalt hier mit der Realität und den eigenen Gedanken beschäftigen muss.

»Hallo!« Die Londonerin sieht durch dichte Korkenzieherlocken zu mir auf. »Ich bin Tina. Tina Singer und ich bin hier –«

»Um Dùn Flùraichean besucherfreundlich zu machen, ich weiß.« Ich achte darauf, möglichst arrogant zu wirken. Mein Großvater war der letzte richtig strenge Herr auf Dùn Flùraichean, und von ihm habe ich viel gelernt. Vor allem, wie ich Menschen auf keinen Fall behandeln will. Aber jetzt übernehme ich seine Haltung, seine herablassende Art. Wenig reden musste ich nicht üben, ich bin kein Mann der großen Worte, aber laut durch die Halle zu rufen habe ich mit Hamish trainiert, bis er mich überzeugend beängstigend fand. Auf Ms Singer mache ich aber wenig Eindruck. Mein Großvater Celan blickt mit enttäuschter Miene von seinem Gemälde zu uns herab. Okay, er *kann* gar nicht anders gucken, konnte er nie. Trotzdem habe ich das Gefühl, schon in der ersten Szene unseres einstudierten Stückes nicht für den gewünschten Effekt beim Publikum – dieser unangebracht heiteren Person – zu sorgen.

»Mhm, genau, Dùn Flùraichean verschönern«, sagt sie abwesend und gurrt weiter auf Piper ein, die unter ihren kraulenden Händen dahinschmilzt. Ich habe das Gefühl, dass beide Damen mich ignorieren. Das ruiniert meinen ganzen Auftritt!

»Du bist aber eine Feine!« Ms Singer hat Pipers Herz im Sturm erobert, und ich werde ausgeblendet.

Ich seufze. Hier ist kein Weiterkommen. Dann leiten wir eben Phase zwei ein. »Hamish wird sich um Ihr Gepäck kümmern. Dinner ist um sechs in der großen Halle.«

»Gepäck? Dinner?« Ms Singer rappelt sich auf und klopft sich Staub von der verbeulten Jogginghose. Interessante Outfit-Wahl. »Ich habe vor, im Pub zu übernachten, ich möchte Ihre Gastfreundschaft nicht überstrapazieren.«

»Och, nicht doch.« Ich lächle, und eventuell ist es ein wenig diabolisch, dieses Lächeln. »Wir möchten, dass Sie ein Gefühl für unser Haus bekommen, nicht wahr? Und so sind die Wege viel kürzer. Im Winter kann es vorkommen, dass das Wetter ohne Vorwarnung umschlägt und die Straßen unbefahrbar werden. Wir wollen keine Verzögerungen riskieren, richtig? Schließlich tickt die Uhr.«

Sie verzieht den Mund zu einem dünnen Strich, ihre eisblauen Augen funkeln wütend. Aber nur für einen Augenblick, dann lächelt sie wieder umwerfend.

Lächerlich, einfach lächerlich. Sie sieht wirklich aus wie ein verdammter Engel.

»Ja, ich weiß«, sie nickt vergnügt. »Deshalb bin ich schließlich hier. Verschwenden wir also keine Zeit, gute Idee, dann bin ich auch schneller wieder weg. Ich kann direkt nach dem Dinner anfangen.«

Immer noch lächelt sie breit. Ich hätte vor meinem etwas durchgeknallten Auftreten zumindest ein bisschen Respekt erwartet, aber nichts. Nur offene Freundlichkeit. Das muss ein Trick sein. Und normalerweise starrt jeder zumindest kurz auf die Narbe über meinem Auge. Aber Ms Singer nickt nur und deutet zur Tür.

»Ich hole mal meine Taschen.«

Taschen. Plural. Natürlich. Die Städterin reist mit großem Gepäck in die schottische Einöde. »Hamish wird gleich bei Ihnen sein. Piper!« Da wäre sie fast dem Engel in Jogginghosen nachgerannt, statt mit mir zu kommen.

Tina

Kaum habe ich die erste Tasche aus dem Kofferraum gezerrt, taucht auch schon der angekündigte Hamish auf. Er grinst breit und tippt sich zum Gruß an die hohe Stirn. Seine blonden Haare sind zu einem Zopf gebunden, er wirkt freundlich, und genau dieses Grinsen habe ich heute schon auf einem anderen Gesicht gesehen.

»Hallo, ich bin Tina. Sie müssen Lucys Vater sein.«

Er nickt stolz, murmelt sofort darauf leise »arg«, als hätte er etwas Falsches gesagt, und sein Blick wird finster. »Aye, Lucys Vater, aber ich bin nicht zum Plaudern hier.« Er klatscht in die Hände, ein Auf-auf. »Wir haben zu tun. Wer rastet, der fällt nicht weit vom Stamm.«

»Ich dachte, der rostet?«

»Ist dein Wagen, *lass*, musst du wissen, ob der rostet.«

»Nicht der Wagen, ich meine, wer rastet –«

»Meine Rede. Wir haben keine Zeit. Also, was soll ich tragen?«

Neben meinem Gepäck habe ich bereits ein paar Dekorationen und Lichterketten eingepackt. Dinge, die ich selbst schon mal anbringen und auf ihre Wirkung testen kann. Den Rest werde ich dann nächste Woche mit Milosz im Transporter herbringen. Allerdings halte ich es für mehr als unwahrscheinlich, dass ich eines unserer Rentiere hierherbringen werde, nur weil Dad es versprochen hat. Ich fahre die Süßen nicht quer durchs Land, damit sie hier einem solchen Rüpel ausgesetzt sind. Na ja, seiner Hündin scheint es gut zu gehen, aber trotzdem.

»Danke, Hamish. Wenn du den Werkzeugkoffer nehmen könntest?« Ich greife nach meiner Tasche, doch Hamish ist schneller und schnappt sich die Tasche, den Werkzeugkoffer und einen Karton mit Lichterketten.

»Dann komm mal mit, ich bringe dich zu deinem Zimmer.«

Hamish spaziert los und wankt bedenklich unter dem Gepäck. Das Gewicht des Werkzeugkastens sorgt für einen enormen Linksdrall, er stolpert zwei Schritte seitlich, dreht sich fast um sich selbst und nutzt dann den Schwung, um die vier Stufen zum Schloss hinaufzusprinten. Es wirkt fast akrobatisch. Ich verkneife mir ein Grinsen und folge ihm die Stufen hinauf, durch die dunkle Halle bis zur breiten Treppe an deren Ende.

»Soll ich dir wirklich nichts abnehmen?«, frage ich, als Hamish mit Blick auf die Stufen tief Luft holt und den Kopf senkt wie ein Stier vor dem Angriff.

»Och, *nae.*« Hamish schwankt wieder leicht nach links.

»Ich könnte die Werkzeugkiste …«

»Das wäre aber lieb, *hen.*«

Mit einer schwungvollen Drehung wuchtet Hamish mir die Kiste in die Arme. »Aber sag es nicht dem Boss, ja? Ich soll Kofferbursche werden, wenn das hier ein Wellnesshotel wird, wäre schlecht, wenn ich schon am ersten Auftrag scheitere, was?«

»Wellness …« Ich lasse meinen Blick durch die Halle schweifen. Wenn dieses Schloss irgendwas nicht sagt, ist das Wellness, aber bitte, wer bin ich, das zu beurteilen, ich habe seit Jahren kein Spa mehr betreten. Vielleicht ist eisig und dunkel jetzt der neueste Schrei und gut für Körper und Geist. Wer weiß, was die Wohfühlgurus sich so einfallen lassen. Ich ducke mich unter der erhobenen Tatze des ausgestopften Bären hindurch.

Vielleicht ist der auch Bestandteil des Wohlfühlprogramms, irgendwas mit Psychohygiene durch besiegte Raubtiere. Nachdem meine Schwägerin

Carol mir von Waldbaden erzählt hat, halte ich vieles für möglich. Ich war so albern anzunehmen, man könne auf eigene Faust im Wald spazieren gehen und dabei so von ganz allein die beruhigende Wirkung der Bäume erleben, aber nö, man braucht einen Guide und muss dafür bezahlen. Manchmal bin ich zu naiv, um zu verstehen, wofür meine Mitgroßstädterinnen ihr Geld ausgeben. »Ja, okay, Wellness. Warum nicht. Mit dem richtigen Marketing.«

Hamish brummelt leise vor sich hin, steigt schnaufend die Stufen hinauf und schimpft im tiefsten schottischen Englisch, sodass ich ihn kaum verstehe. Aber ich höre das doch so gern! Nick hat sich vor der Abreise über mich lustig gemacht, er kennt meine Schwäche für diesen Dialekt. »Sobald ein halbwegs netter Kerl dich ein *›wee bonnie lass‹* nennt, kommst du nicht mehr nach Hause, du rennst dem einfach hinterher, weil der so hübsch spricht.«

Was Quatsch ist, also habe ich meinen Bruder mit einer Gabel voll Heu beworfen (wir waren gerade im Stall bei den Rentieren) und ihm erklärt, dass ich mit Sicherheit niemandem hinterherlaufen würde, der den Nerv hat, mich ein ›kleines, hübsches Mädchen‹ zu nennen. Über andere Komplimente auf schottisch können wir reden, aber das habe ich Nick nicht gesagt. Brüder sollten nicht zu viel wissen.

Doch wie es aussieht, bekomme ich eh keine Chance, mit irgendjemandem zu flirten, weil ich nicht mal im nächsten Dorf übernachten kann, sondern in dieser Gruselwellnessoase mit Hamish und seinem ungehobelten Klotz von einem Boss. Gut so, kann ich mich auf meinen Job konzentrieren.

Ich widerstehe dem Drang, dem Bären ein High five zu geben, und erklimme hinter dem keuchenden Hamish die Stufen. Viele Stufen.

»Sicher, dass ich dir nicht noch etwas abnehmen soll?«

Hamish ist auf einem Treppenabsatz angekommen. Er hat die Taschen abgestellt und umarmt einen mit Schnitzereien verzierten Treppenpfosten wie ein Ertrinkender die rettende Holzplanke. Ich fürchte, dass dieser Aufenthalt noch unangenehmer wird, sollte ich daran schuld sein, wenn dieser nette Mann wegen meines Gepäcks vor Erschöpfung umfällt.

»Wenn du … die da …« Hamish deutet auf meine Tasche, in der sich nicht viel mehr als ein paar

Schlafsachen, mein Blaumann und mein Outfit für morgen befinden.

»Ich kann auch den Karton nehmen, der ist schwerer …«

»*Nae*, wir wollen schließlich nicht, dass unsere Gäste sich anstrengen, soll ja Erholung sein!«

»Klar. Das wollen wir nicht.«

Und trotzdem trage ich meine Tasche über der Schulter, den Werkzeugkoffer in der Hand und den Karton mit den Lichterketten vorm Bauch, als wir endlich das Zimmer erreichen. Wo genau wir langgegangen sind, kann ich nicht sagen, weil Hamish auf halber Strecke eine ausgestopfte Eule aufgesammelt hat, die von der Wand gefallen war und die nun – mit ausgebreiteten Flügeln und gruseligem Blick in den Glasaugen – auf meinem Karton direkt vor meiner Nase sitzt.

»Dann mal rein in die gute Stube.« Hamish stößt die Tür auf, und ich stolpere an ihm vorbei, visiere über die Flügel der Eule das Bett an und lasse alles darauf fallen.

»Gut, oder?« Hamish nickt erwartungsvoll und deutet mit schwungvoller Geste durch den Raum.

Himmelbett, zerschlissene Vorhänge, Spinnweben und an der Wand gegenüber vom Bett hängt das goldgerahmte Gemälde einer schlecht gelaunt aussehenden Lady mit einem klassischen Plaid über der Schulter. Sie hat eindeutig etwas an meinem Outfit auszusetzen. Oder meiner Anwesenheit. Ich kenne den Blick.

»Mhm, sehr nett«, sage ich, weil Hamish guckt, als erwarte er das.

»Kann man so lassen, was? Richtiges Wohlfühlzimmer. Vielleicht mal kurz drüber streichen.« Er klopft gegen die Wand, und eine Bahn der scheußlich geblümten Tapete rollt ihm entgegen, Putz bröckelt auf den Teppich, und kurz verschwindet Hamish' Grinsen in einer Staubwolke. »Huch. Na so was. Kümmere ich mich nachher drum. Bin nämlich auch Mädchen für alles hier, weißt du? Das bleibt auch so, wenn das ein Hotel wird. Hat der Master schon gesagt. ›Hamish‹, hat er gesagt, ›wenn die hier mit so einem Team von Handwerkern ankommen, dann schicken wir die direkt wieder weg, haben ja dich.‹ Als Handwerker. Und Kofferjungen. Apropos.« Er streckt eine Hand aus, den anderen Arm hält er hinter dem

Rücken, verbeugt sich leicht und verharrt in dieser Haltung.

Ähm? Ich überlege kurz und setze ihm dann die ausgestopfte Eule auf die Hand.

»Ach so«, sagt er, sichtlich enttäuscht. »Na dann, vom ersten Gast kann mal wohl kein Trinkgeld erwarten.«

Ups. Ich habe direkt ein schlechtes Gewissen, dabei habe ich mein Gepäck getragen. Und die Eule! Außerdem bin ich kein Gast. Aber der Blick! Steinerweichend.

»Essen ist um sechs.« Hamish geht zur Tür, die Eule wie einen Teddy an sich gedrückt. »Meine Frau hat gekocht, dir zu Ehren. Und sie kann kochen, ich sag's dir! Bis gleich dann.«

»Halt! Wo muss ich denn hin?«

»In die große Halle. Du musst hier den Gang nach rechts, dann an der nächsten Ecke links, dann über die Treppen auf der rechten Seite und nach dem Gemälde von der Fuchsjagd wieder links. Ganz einfach. Bis gleich!«

Kapitel 4

Grant

Wir sitzen in der großen Halle an dem längsten Tisch, den wir finden konnten, und warten. Seit zehn Minuten. Zumindest muss Jeanne Marie ihre Enttäuschung so nicht spielen, wenn Ms Singer uns endlich findet, und ich kann aufrichtig genervt aussehen. Es ist kalt in der dämlichen Halle, ich habe Hunger, woran sich so schnell nichts ändern wird, und außerdem hasse ich alles an dieser Sitzordnung.

Alan hat mir versichert, dass es »maximal arrogant« wirkt, wenn ich am Ende der Tafel sitze, mit einem großen Abstand zu den Mackenzies und vor allem zu unserem Gast. Für sie haben wir am Fußende der Tafel eingedeckt. Gefühlte Kilometer weit weg von uns. Hoffentlich ist es für Ms Singer so unbehaglich wie für mich, so zu essen. Wenn sie denn endlich den Saal findet.

»Soll ich sie suchen gehen?«, fragt Hamish.

»Lass, Schatz.« Jeanne Marie legt ihre Hand über seine. »Wir wollen nicht zu freundlich erscheinen.«

»Ach ja.« Er setzt sich wieder auf seinen Stuhl.

Einer von denen, die ich nicht restaurieren lassen wollte, weil er einfach zu alt und hinüber war. Wir haben sieben davon aus den Ställen geholt, fünf für Familie Mackenzies – inklusive Alan –, je einen für Ms Singer und mich. Natürlich hätten wir für uns die bequemeren neuen Stühle nehmen können, aber das hätte das Gesamtbild zerstört. So muss ich mich zusammenreißen, nicht auf meinem Stuhl zu kippeln, denn das rechte vordere Bein ist ein wenig kürzer als die anderen. Wie sähe das denn aus, wenn der strenge Schlossherr vergnügt hin- und herwackelt.

Die Türen zur Halle fliegen auf, und eine deutlich erleichterte Tina Singer stürzt in den Saal.

»Endlich! Was für ein verdammtes Labyrinth ist –« Sie räuspert sich. Streicht ihre Bluse glatt. Bluse! Sie hat sich hübsch gemacht fürs Abendessen und trägt jetzt einen Hosenanzug. Sie trägt ihn, wie mein namenloser Vorfahre mit den unzähligen Urs vor dem Großvater seine Rüstung getragen haben muss. Wie etwas, das deutlich zu schwer und unbequem ist, aber Sicherheit gibt.

»Guten Abend«, sagt sie, Kinn vorgestreckt, Haltung aufrecht. Ganz die distinguierte Immobiliengutachterin, die ich erwartet hatte.

Keiner von uns erhebt sich, wir nicken nur.

»Weg nicht gefunden?«, frage ich. »Dabei ist das Schloss gar nicht so unübersichtlich.« Ist es sehr wohl. Wenn man sich nicht auskennt, ist Dùn Flùraichean eine einzige Abfolge verwinkelter Gänge und plötzlich auftauchender Treppen. Meine Vorfahren waren architektonisch experimentierfreudig, aber nicht sehr planvoll. Als Kind habe ich hier stundenlang Verstecken gespielt, immer mit der Befürchtung, man könnte mich eines Tages wirklich nicht mehr finden.

»Nicht unübersichtlich?« Sie schüttelt den Kopf. »Wenn man hier wohnt, vermutlich nicht. Ich hätte gut ein paar Leuchtpfeile auf dem Boden gebrauchen können. Ich habe mich furchtbar verlaufen.«

Ich hoffe, sie hat dabei die vorbereiteten, scheinbar baufälligen Abschnitte gefunden. Ich imitiere Grandpas Oberlehrertonfall und erkläre ihr: »Mein Vater sagte immer, man könnte sich in Dùn Flùraichean nicht verlaufen, wenn man sich nur ein wenig konzentriert. Ich denke, ich werde mein Erbe nicht mit irgendwelchen Pfeilen verschandeln, nur weil Sie dazu nicht in der Lage sind.«

Jetzt wäre er aber stolz, der Großvater. Sogar Paul und Alan nicken fast unmerklich ihren Respekt für diese Spitze.

Ms Singer zieht den einzig freien Stuhl zurück. »Nun, einige erben von ihren Vätern Schlösser, ich habe von meinem einen schlechten Orientierungssinn geerbt.«

Alan kichert und presst sofort die Lippen aufeinander, Paul knufft seinen Freund, aber ich sehe, dass auch er mit dem Lachen kämpft. Die beiden sind ein wandelnder Lachanfall, Unfreundlichsein wird ihnen ähnlich schwerfallen wie Pauls Eltern. Nur die kleine Lucy haben wir nicht darum gebeten, anders als sonst zu sein, sie soll nicht lügen müssen. Wer weiß, was das mit dem kleinen Sonnenschein anstellen würde. Wir haben ihr nur das Nötigste erzählt: Dass eine Frau, die wie ein Engel aussieht, uns in den Highlands besuchen kommt, weil sie Dùn Flùraichean in ein scheußliches Hotel verwandeln will. Dass wir deshalb ausnahmsweise nicht freundlich zu unserem Gast sein werden. Und dass sie sich nicht wundern soll. Alles nur gespielt, solange die Lady aus London hier ist.

»Dann sind wir so etwas wie verzaubert, während sie hier ist?« Lucy sah mich mit leuchtenden Augen an, überraschend begeistert von der Idee. »Und Dùn Flùraichean auch? So wie das Schloss bei Dornröschen?«

»Ja, das könnte man so sagen.« Märchen sind manchmal wirklich zu etwas gut. »Nur ohne die hübschen Rosen. Wir machen Dùn Flùraichean so hässlich, wie wir können, damit sie keine Lust hat, ein doofes Hotel daraus zu machen, in Ordnung?«

Wir haben lange und so ernsthaft, wie es nur mit Fünfjährigen möglich ist, darüber diskutiert, ob in dieser Konstellation Ava die böse Fee wäre. Da sie aber schon die Rolle der Stiefmutter innehat, gewann diesen Titel klar die Gutachterin. Tina Singer, die kein bisschen wie eine böse Fee aussieht und uns alle anlächelt. Das wird ihr schon noch vergehen.

»Ms Singer«, sage ich von meinem Platz am Ende der Tafel aus, »lassen Sie mich mein Team vorstellen. Hamish, meinen begnadeten Handwerker und Alleskönner, haben Sie bereits kennengelernt.«

Ms Singer winkt Hamish freundlich zu. Ich schließe kurz die Augen und atme tief ein. Freundlich. Dabei hat Hamish sie all ihr Gepäck tragen lassen, ist einen furchtbaren Umweg bis zu ihrem Zimmer gegangen, und nach eigenen Aussagen hat er sie dabei ununterbrochen mit Angebereien gelangweilt. Und nach Trinkgeld gefragt!

»Jeanne Marie, unsere Köchin«, sage ich, und Jeanne Marie, rothaarig und sommersprossig, setzt ihren arrogantesten Gesichtsausdruck auf. Sie nennt es ihren ›französischen‹ Blick. Den, mit dem sie Alan und Paul davon abhält, irgendwelchen Schabernack zu treiben, und mit dem sie im Dorf nur das frischeste Gemüse und den besten Käse bekommt. Nichts von dem, was sie uns heute serviert.

Trotz des Namens – und des Blicks – ist Jeanne Marie so französisch wie der Haggis, der langsam auf unseren Tellern kalt wird. Irgendwann in graunebliger Vergangenheit landete eine ihrer Vorfahrinnen aus Frankreich (aus nicht mehr nachvollziehbaren Gründen) auf Dùn Flùraichean. Im Gepäck hatte sie kaum mehr als eine Rezeptsammlung und besagten Blick, der einem der damaligen Kutscher nicht nur keine Angst machte, sondern ihm gehörig den Kopf verdrehte. Eventuell auch beides. Auf jeden Fall gehören die Nachfahren dieser Madame de Beaumont zu Dùn Flùraichean wie die schottische Flagge auf dem Turm. Hamish kam irgendwann einmal, um eine alte Rohrleitung zu reparieren, sah Jeanne Marie und blieb ihretwegen. Mein Vater hätte ihn als Verwalter einsetzen sollen, er hängt so sehr an Dùn Flùraichean wie ich.

»Hi, ich bin Tina«, sagt Ms Singer und winkt Jeanne Marie zu. Ein weiterer französischer Blick sorgt dafür, dass sie ihre Hand wieder sinken lässt. »Ich bin hier, um Dùn Flùraichean ein bisschen herauszuputzen.«

Wir, die Mackenzies und ich, tauschen wissende Blicke.

»Herausputzen«, wiederhole ich schlecht gelaunt. »Das ist ein riesiger Aufwand.«

»Ach, nein.« Tina Singer winkt lächelnd ab. »Man kann mit so wenig so viel erreichen. Mir ist aufgefallen, dass Dùn Flùraichean überhaupt nicht weihnachtlich geschmückt ist. Mit ein paar Pflanzen könnte schon viel Atmosphäre entstehen. Wie wäre es, wenn wir zum Beispiel ein paar Weihnachtssterne in die Fenster stellen würden?«

»Weihnachtssterne«, erkläre ich, »sind die Pavianärsche unter den Pflanzen.«

Tina Singer starrt mich mit offenem Mund an, Lucy quiekt erschrocken. »Er hat Ärsche gesagt! Mummy! Das sagen wir nicht! Wir sagen *Numpty*, wenn wir jemanden ganz doof finden!«

»Richtig, *Mo Chridhe*«, sagt Paul. »Da hast du gut aufgepasst«

Lucy nickt streng.

»Hallo, ich bin Paul.« Paul, rothaarig wie seine Schwester und seine Mutter, unterbricht die Numpty-Arsch-Diskussion lachend. »Und das ist Alan Buchan.

Wenn Dùn Flùraichean ein Hotel wird, übernehmen wir beide die Betreuung der Gäste.«

»Aha?« Ms Singer runzelt die Stirn.

»Klar!« Alan legt den Arm um seinen Freund und lächelt sein charmantestes Lächeln.

Ich mochte ihn vom ersten Tag an, als er sich für einen Aushilfsjob in den Gartenanlagen beworben hat. Kreativ, witzig und gutaussehend. Narbenfrei, natürlich. Kein Wunder, dass Paul sich Hals über Kopf in ihn verliebt hat. Anscheinend laufen anderen in diesem Schloss ihre Seelenverwandten einfach so zu. Außer mir, ich fange mir hier nur Splitter und jede Menge Ärger ein. Alle Chancen darauf, jemanden kennenzulernen, habe ich samt meiner Karriere längst hinter mir gelassen. Für mich gibt es keinen Partnervermittlungszauber von Dùn Flùraichean, stattdessen schickt mein persönlicher Chaosbeauftragter mir Tina Singer. Charismatisch, schön und ein No-Go. Wie hätte es auch anders sein können.

»Im Moment machen Paul und ich eine Ausbildung als Gärtner, aber wie anders kann Gästebetreuung schon sein, was?« Alan lacht. »Regelmäßig gießen und hoffen, dass sie keinen Schädlingsbefall haben, richtig?«

»Ich … ähm. Ja?« Ms Singer lächelt etwas hilflos.

»Und ich bin Lucy!«, ruft Lucy.

»Das ist ein so ein schöner Name, den vergesse ich nicht. Und dich schon gar nicht, kleine Lucy.« Ms Singers Stimme ist tief und rau und warm, als sie sich zu unserer jüngsten Schlossbewohnerin umdreht. »Lucy wie hell, wie Sonnenschein und Sternenlicht.«

»Oooh«, Lucys Augen leuchten. »Du kannst bestimmt schön Geschichten erzählen.«

»Das kann ich tatsächlich«, sagt Ms Singer. »Und ich weiß sogar ganz viele auswendig. Wenn du magst, erzähle ich dir nach dem Essen eine.«

»Ich denke, Sie wollten nach dem Dinner anfangen, das Schloss zu vermessen oder was auch immer Sie so tun?«

»Die Arbeit kann warten.« Ms Singer sieht Lucy verschwörerisch an. »Geschichten haben immer Vorrang. Vor allem die mit tapferen Prinzessinnen und sprechenden Tieren, richtig? Und gefährlichen … « Sie senkt den Kopf wie eine Katze, lässt die Locken in die Stirn fallen und springt dann plötzlich fast auf. »… Drachen!«

Lucy quiekt vor Schreck und klatscht eine Sekunde später vor Freude. »Ich mag Drachen!«

Sie sieht Ms Singer ganz verzückt an und presst sich dann erschrocken die Hand vor den Mund. Jetzt war sie nett zur bösen Fee, dabei wollte sie das doch gar nicht. Ich zwinkere ihr zu, heimlich, denn sie hat ja recht: Eine Wolldeckenstimme, die hat Ms Singer. So eine, in die man sich einwickeln möchte, wenn der Wind ums Schloss pfeift und –

»Schluss mit dem Unsinn!« Ich schlage mit der flachen Hand auf den Tisch, und das Dröhnen wird von den Wänden zurückgeworfen.

Lucys Augen werden rund, und ihre Unterlippe beginnt zu beben. Oh nein, was habe ich getan! Trösten kann ich sie schlecht, dann falle ich aus der Rolle, dabei soll Ms Singer glauben, dass ich eine Zumutung für den Hotelbetrieb wäre und wir nicht in der Lage sind, Gäste zu beherbergen. Was funktioniert, denn der Blick, den sie mir zuwirft, ist einer mit Messern darin. Gut. Weiter so, oder?

»Paul, Alan, kümmert euch darum.« Ich wedle nebensächlich in Lucys Richtung, als wäre sie ein ärgerlicher Fleck auf dem Boden. Oh, ich werde dafür bezahlen müssen. Das sagt auch Jeanne Maries Miene. »Geht mit Lucy in der Küche essen.« Ich benutze den Befehlston, den mein Großvater gern anschlug. Unschön, das von mir zu hören.

Aber immerhin: Lucys Unterlippe hört augenblicklich auf zu zittern. Küche, das ist unser Codewort für »gutes Essen«. Sogar Alan und Paul grinsen erleichtert.

»Aye, Sir«, Paul nimmt seine Schwester an die Hand. »Dann lassen wir die langweiligen Erwachsenen mal allein, ja?«

»Wie schade«, sagt Alan im Rausgehen. »Wirklich überaus schade! Ich hatte extra für unseren Gast Robert Burns ›The Adress to a Haggis‹ auswendig gelernt! Was meinst du, wenn wir ein Hotel sind, könnten wir das jeden Abend aufsagen, oder? *Fair fa' your honest, sonsie face, Great Chieftain o' the Puddin-race!*« Er stößt die Flügeltüren auf, und wir hören, wie er das Gedicht lautstark proklamierend über den Flur läuft, bis seine Stimme in der Ferne immer leiser wird.

Ich wünschte, ich könnte mit ihnen gehen. Stattdessen stochere ich in dem Steckrüben- und dem Kartoffelmus herum, das Jeanne Marie lieblos auf die

Teller geklatscht hat. *Haggis, neeps and tatties.* Wir haben darüber abgestimmt, dass dieses Gericht die perfekte Mischung zwischen glaubwürdig gelebter schottischer Tradition und Touristen-Quälerei ist. Ja, man kann Haggis schmackhaft zubereiten. Hat Jeanne Marie aber nicht getan. Das, was da als undefinierbarer brauner Brei aus einem aufgeschnittenen Schafsmagen quillt, ist aus der Dose und verstößt damit gegen Jeanne Maries oberste Küchenregel, alles frisch zu kochen.

Es verlangt einiges an Schauspielerei von uns, das zu essen. Insbesondere von Jeanne Marie, die entschlossen ihre Gabel in den Fleischbrei rammt und sie mit dem Stolz einer Königin, die sich unerschrocken eine Viper an die Brust setzt, zum Mund führt. »Delikat.«

»Mmmmh, Haggis!« Hamish sieht aus, als würde er gleich weinen, gibt aber sein Bestes. »Tina! Wusstest du, dass das eine perfekte Methode ist, um alles vom Schaf zu nutzen? Herz, Leber, Lungen, alles zusammen im Magen des Tieres gegart. Dazu beste schottische Haferflocken. Toll, was?«

Tina Singer lächelt gequält. »Ich hörte davon, ja.«

»Ich denke«, sagt Jeanne Marie, »dass so ein Gericht wie gemacht ist für gesundheitsorientierte, moderne

Gäste. Oui?« Sie lächelt süffisant. »Dieser Gedanke von, wie sagt man ›No waist‹, das ist wieder modern. Kein Abfall, nur beste Zutaten, regional. Das wird den Gästen gefallen, no?«

»Sie sollten davon kosten«, sage ich, bevor ich in Gelächter ausbreche. »Jeanne Marie ist die beste Köchin nördlich von Edinburgh.«

»Ö-höm.« Meine Köchin hüstelt leise.

»Nördlich von London.«

Gnädiges Nicken.

»Wenn das Hotel eröffnet, wird die Küche selbstverständlich weiterhin unter ihrer Führung laufen. Jeanne Marie bleibt Köchin, das ist mir sehr wichtig.« Und sie wird jedem Gast Haggis aus der Dose auftischen, bis das Schloss wieder uns gehört. Sie wird dabei leiden und schimpfen, aber sie wird. »Was halten Sie davon, Ms Singer?«

»Oh, nennen Sie mich bitte Tina, dieses Ms Singer ist so … ungewohnt.« Sie lächelt mich breit an. Warum tut sie das? Sie soll nicht lächeln, und schon gar nicht so, wo kommen wir denn da hin?

»Miss Singer.« Ich atme tief ein. Ich würde ihr anbieten, mich Grant zu nennen, dieses ganze gestelzte

Verhalten geht mir schon nach kurzer Zeit auf die Nerven, aber ich kann mich beherrschen. Keine Vertraulichkeiten! »Das ist alles vertraglich geregelt, die Mackenzies bleiben hier. Wohnrecht auf Lebenszeit im Cottage. Nutzung der gesamten Schlossanlage. Jobs. Alles. Alles haarklein aufgeschrieben. Von meinem Anwalt.«

Tina lacht auf, verschluckt sich am Rübenmus und hustet laut los, wobei sie mit den Händen auf den Tisch hämmert. Dieser Engel benimmt sich alles andere als ladylike und ist dabei ungeheuer putzig. Jetzt macht das putzige Engelchen Geräusche wie ein schlecht gestimmter Dudelsack und läuft rot an. Das ist sicher nicht optimal. Niemand will erstickte Gutachterinnen am Tisch sitzen haben, auch wenn ich den Gedanken vor ihrer Ankunft vermutlich durchaus verlockend gefunden hätte. Tina röchelt. Och, verflixt, das geht ja so nicht! Ich stoße meinen Stuhl zurück, bin mit zwei großen Schritten bei ihr, schlinge meine Arme um ihren Oberkörper, reiße sie hoch und presse meine Faust gegen ihren Oberbauch, lege die andere Hand darüber und drücke. Ein, zwei … ein Stück Rübe fliegt über den Tisch, Tina Singer holt rasselnd Luft. Na bitte. Geht doch. Sie hustet ein wenig, aber sie kann atmen. Erleichtert drücke ich sie an mich.

»Sie … können mich jetzt loslassen.« Sie keucht noch immer, und ich halte sie noch immer.

Ha. Wie unnötig. Ich lasse sie los wie eine heiße Kartoffel. Ziemlich große Kartoffel, und wie ich mir eingestehen muss: Wirklich ziemlich heiß. Sie ist einen Kopf kleiner als ich, hat erstaunlich feste Bauchmuskeln zu ansonsten weichen Kurven und duftet gänzlich unkartoffelig. Nach Vanille und etwas Würzigem. Irrelevant! Alles vollkommen unerheblich!

Ich klopfe ihr einmal kräftig zwischen die Schulterblätter. Als unnötige Zugabe. Einfach, weil ich es kann und so weniger auffällt, dass ich sie für einen winzigen Augenblick zu lange gehalten habe.

Jeanne Marie schenkt Tina ein großes Glas Wasser ein, Hamish redet beruhigend auf sie ein, ganz die besorgten Eltern. Großes Fraternisieren, völlig unangebracht. Ich schnippe und bedeute Jeanne Marie und Hamish mit einem Kopfnicken, sich wieder zu setzen, unser Schauspiel nicht zu vergessen. »Ist gut jetzt. Sie atmet noch. Beruhigen wir uns alle.«

»Aye.« Hamish wirft mir einen entschuldigenden Blick zu, Jeanne Marie zuckt mit den Schultern und haucht ein tonloses »Pardon!«

Tina ballt die Fäuste, atmet langsam aus und sagt heiser: »Danke. Wirklich, vielen Dank. Aber das Heimlich-Manöver kann auch gefährlich sein, man kann …«

»Ja, ja, verklagen Sie mich. Mein Anwalt wird sich freuen.«

Sie verdreht die Augen und flüstert etwas, das verdächtig wie »das ist doch ne Macke!« klingt. Keine Ahnung, was sie meint.

Kapitel 5

Tina

Wir essen schweigend. Das heißt, ich esse nicht. Ich schiebe nur den Haggis über den Teller, sodass es aussieht, als würde ich es essen, dabei nehme ich nur ab und an ein bisschen von dem völlig ungewürzten Gemüsebrei. Damit wollen sie Hotelgäste verköstigen? Sollen Sie, werden sie halt pleitegehen. McKlotzkopf gönne ich es. Aber die Mackenzies sind nett, genau wie ihre Kinder. Wie können sie nur hierbleiben, unter einem Dach mit diesem furchtbaren Menschen?

Aha! Bestimmt hat er sie dazu verpflichtet. Anwaltlich! Ich kichere vor mich hin. Möglich wäre es. Allerdings hatte er vorhin diesen kurzen Nettigkeitsausrutscher, es klang fast, als wäre es ihm wichtig, dass die Familie Mackenzie hierbleibt, egal, was kommt. Aber das hat er zu verantworten, oder? Sehr merkwürdig, das alles.

Ich werde nicht klug aus Grant McBalfour. Immerhin, er hat mich vor einem Ersticken durch Rübenmus gerettet, was ein ziemlich unspektakuläres Ende gewesen wäre. Damit kann man seinen Ahnen nun wirklich nicht gegenübertreten! Rübenmus. Wie peinlich. Ich habe zwar keine Ritter oder Schlossbesitzer in der Ahnenreihe (auch wenn Mum über eine dieser Ahnen-Websites ein Zertifikat bekommen hat, dass wir direkt von der Heerführerin Boudicca abstammen, was ich für kompletten Unsinn halte. Wenn auch für sehr schmeichelhaften Unsinn). Dafür aber stamme ich von mutigen und sturen Frauen ab, die mir die Ewigkeit für so einen ungeschickten Abgang gehörig verleiden würden. Von Urgroßtante Mildred zum Beispiel heißt es, sie hätte gegen einen wilden Eber gekämpft, der sie und ihre Freunde auf einer Wanderung angriff. Was, wenn die wehrhafte Milli auf der anderen Seite auf mich wartet? Kann ich ihr doch nicht erklären, dass ich an einer albernen Rübe gescheitert bin. Blöd nur, dass ausgerechnet der Schlossherr zu meiner Rettung kam. Er hat mir fast die Rippen gebrochen, und ich habe sehr unelegant ein Stückchen Rübe auf Lichtgeschwindigkeit gebracht, aber ich bin ihm leider zu Dank verpflichtet. Schon dafür, dass Mildred mich nicht im Jenseits auslacht. Außerdem war es unangemessen tröstlich, wie er mich hielt, als alles vorbei war. Möglich, dass ich mich eine Sekunde erleichtert an ihn gelehnt habe, die Umarmung genossen habe.

Aber ich will ihm nicht übermäßige Dankbarkeit zeigen, ich werde nämlich das Gefühl nicht los, dass er jemand ist, der gern Machtspiele veranstaltet. Am Tischende sitzen in einem Aufzug, als wäre er der König von Schottland. Er lässt das Personal zwar mitessen, aber diese Sitzordnung, das ist ein Psychospielchen, eindeutig. Wäre ich nicht hier, um zu verhindern, dass dieser Mensch Dad verklagt auf Geld, das wir nicht haben, hätte ich selbst schon längst auf den Tisch gehauen und etwas gesagt. Lautstark. Nun gut, dann spiele ich halt mit. Ich bin professionelle Weihnachtsfrau, an mir und meinem stoischen Lächeln sind schon aggressive Dreijährige mit Zuckerflash gescheitert. Soll er nur kommen, der fiese Schotte, ich kann Kaufhausweihnachtsfrau!

Leider bin ich eine überaus hungrige Weihnachtsfrau vor ungenießbarem Essen. Das Rübenmus werde ich ab jetzt nicht mehr anrühren. Gehe ich eben hungrig ins Bett. Kuchen, denke ich. Meine Schwägerin hat mir Kuchen im Glas für die Fahrt mitgegeben! Ich bin gerettet. Nur dieses Abendessen überstehen, einen Löffel mit aufs Zimmer schmuggeln und ich muss nicht hungern!

Aber die Zeit zieht sich. Schweigend mit Fremden dinieren, das gehört ja zu meinen Lieblingsbeschäftigungen. Wie furchtbar! Zu Hause war stets große Heiterkeit beim Essen. Auf der Farm haben immer unterschiedliche Leute gekocht, beim Dinner dann haben alle mit angepackt. Im Sommer waren Feriengäste mit uns am Tisch, im Winter war das Haus voller professioneller Weihnachtsleute, Engel und Angestellter. Es gab immer etwas zu erzählen, zu lachen.

Außer bei grauenhaft unangenehmen Dates habe ich nie in völliger Stille gegessen. Dates mit Typen, die so waren wie dieser Macho mit Schloss. Gut aussehend, aber emotionale B-Sortierungen. Auch McBalfour ist gut ausehend. Auf eine raue Art. Die bereits ergrauenden Haare, der stoische Ausdruck, die stolze Haltung und diese Narbe – wer weiß, mit wem oder was er gekämpft hat, um so auszusehen. Er hebt den Kopf und sieht mir direkt in die Augen, mit völlig regloser Miene. Starre ich ihn an? Ich habe nicht gestarrt. Gar nicht. Ach guck mal, was für ein hübsches Mus auf meinem Teller, lalala. Bloß nicht noch mal hochschauen. Mit meiner Gabel ziehe ich Muster durch die Muslandschaft.

»So, Tina.« Anscheinend ist Jeanne Marie die Stille auch unangenehm. »Erzähl, was magst du an deinem Job?«

Dankbar für die Frage lege ich die Gabel aus der Hand. »Was kann man daran nicht mögen?« Ich lächle in grimmige Gesichter. Irgendetwas läuft hier falsch. Etwas weniger enthusiastisch fahre ich fort. »Ich liebe

Licht, alles, was funkelt und glitzert. Ich mag es, Häuser von langweiligen Klötzen –«, Grant hustet. Ja doch! »Nicht so aufregenden Häusern«, korrigiere ich mich, »in strahlende Märchenpaläste zu verwandeln.«

»Aha. Märchenpalast.« Jeanne Marie presst die Lippen aufeinander. »Und das hast du hier auch vor? Du und … deine Kollegen?«

»Ja, genau. Ich bin hier, um den Plan zu machen und erste Deko-Elemente anzubringen.«

»Aber nichts Bleibendes!« Grant sieht mich finster an.

»Nein, natürlich nicht.« Wie kommt er darauf?

»Das muss alles ohne Spuren wieder rückgängig gemacht werden können.«

»Verstehe. Nichts Bleibendes.« Spielverderber. Dann lasse ich die Lichterketten wohl auch besser erst mal in meinem Zimmer. »Ich denke, ich konzentriere mich auf die Halle. Wenn ihr mir zeigt, wo die Gäste untergebracht werden, dann kann ich mich auch um die Zimmer kümmern.« Schließlich werden nicht alle Gäste für den Ball danach nach Hause fahren, oder? »Nächste Woche komme ich dann mit dem Team, und wir erledigen den Rest.«

»Jetzt schon?« Hamish fällt klirrend die Gabel aus der Hand. Alle drei sehen mich entgeistert an.

»Aber ja. Wir haben nicht so viel Zeit, nächste Woche ist Weihnachten, vorher sollten wir fertig sein.« Ich verstehe nicht, warum sie mich so entgeistert ansehen. »Wann … wann wolltet ihr denn diesen Weihnachtsball veranstalten?«

»Bitte?« Grants Brauen ziehen sich zusammen, was die lange helle Narbe betont. Ich würde zu gern wissen, was das war. Warum dürfen Erwachsene anderen erwachsenen Menschen immer nur die langweiligen Fragen stellen, aber nicht die nach den großen Geschichten? Ah ja, könnte irgendein Trauma dahinterstecken, dann wäre das natürlich eine unhöfliche Frage. Aber neugierig bin ich schon.

»Es wäre sehr sinnvoll, vorher fertig zu sein.« Ich finde mich recht witzig.

»Vor was?« Leere Gesichter.

»Vor dem Weihnachtsball. Ihr … ihr veranstaltet doch einen Ball?« Oh, das wäre ärgerlich, wenn ich jetzt völlig umsonst hierhergefahren wäre. »Würden die Gäste sich nicht freuen, wenn es dann pünktlich –«

»Glitzern würde?« Grant verschränkt die Arme.

»Ja, genau!«

»Na dann«, sagt Grant.

»Toll«, sagt Hamish, Jeanne Marie schnaubt leise.

Niemand sieht aus, als wäre irgendetwas daran toll. Vielleicht ist aber »Na dann« auch schon die höchste Stufe der Ekstase, zu der so ein Highlander in der Lage ist. Möglicherweise erlebe ich hier gerade einen Schlossbesitzer im Freudentaumel, weiß es nur nicht angemessen zu würdigen. Frage trotzdem lieber mal nach. »Du … ich meine, also ihr … freut ihr euch nicht?«

Wäre ja alles für die Katz, wenn ich das mit dem ramponierten Auto wiedergutmachen soll, aber niemandem das als Wiedergutmachung gefällt.

»Doch, doch.« Grants Lächeln erreicht nicht seine Augen. Er sieht aus wie ein Raubtier, das die Zähne zeigt. »Wir freuen uns. Und wie. Deshalb versuchen wir schließlich zu helfen, wo es nur geht.«

Er deutet auf den Tisch, nickt zu Jeanne Marie und Hamish. »Siehst du, voller Support. Und Training für uns, damit wir bereit sind, wenn Dùn Flùraichean für die ersten Bademantelgäste öffnet.«

»Oh, gut, das beruhigt mich. Eine Win-win-Situation, richtig? Und der Ball wird hier stattfinden? In diesem Saal?«

Grant murmelt leise: »Smalltalk also.«

Was für ein merkwürdiger Mensch.

Die Mackenzies nicken wenigstens auf meine Frage. Gut, dann werde ich mir eine passende Dekoration für den Raum mit seinen meterhohen Decken überlegen. Hier zu tanzen ist vermutlich eine deutlich bessere Idee, als hier ein Abendessen zu servieren. Was ich daraus alles machen kann! Winzige Lämpchen wie schwebende Lichter unter der Decke, andere Vorhänge vor den Fenstern, neben denen jetzt dünne graue Gardinen in der Zugluft flattern. Einige Bogenfenster sind mit Brettern vernagelt, aber die Aussicht auf die Terrasse, auf der nur eine bemooste Statue und ein toter Buchsbaum in einem gesprungenen Pflanzkübel stehen, gibt auch nicht viel her. Ich könnte ein paar goldene Stoffbahnen und die kleineren unserer Leihtannen mitbringen und vor dem Ballsaal aufstellen. Geschmückte Bäumchen, die dann die Treppe hinab bis zur Gartenlandschaft säumen, ich könnte …

»Du isst gar nicht?« Jeanne Marie sieht mich über ihre Nasenspitze hinweg an.

»Oh, ich bin satt.« Ich tupfe mir die Mundwinkel mit der Serviette und signalisiere mit einer ausgeklügelten Gestenabfolge (aufrichten, Teller minimal von mir wegschieben, leise seufzen und kurz die Hand auf den Bauch legen) große Zufriedenheit und komplette Sättigung. Wo ist mein Oscar? »Danke, es war sehr gut.«

»Davon? Satt?« Jeanne Marie deutet auf meinen Teller, der nicht halb so leer ist, wie ich es gern hätte. »Hat es dir etwa nicht geschmeckt? Magst du die schottische Küche nicht?«

»Oh, ich schätze Haggis sehr, es ist nur –«

»Du schätzt nicht, wie *ich* koche? Ist es das?« Sie springt auf und fuchtelt mit den Armen. »Den ganzen Tag stehe ich in der Küche! Und das ist der Dank!«

»Ich habe gar nichts gesagt.« Was ist denn jetzt los? »Musst du auch nicht! Ich kann das sehen!« Jeanne Marie läuft davon, wild fluchend in einem Mix aus schottischen und französischen Schimpfwörtern.

Hamish und Grant tauschen Blicke, und ich meine, Belustigung darin zu erkennen. Aber nur für einen

Bruchteil einer Sekunde, dann springen sie eifrig auf. Wie auf ein Stichwort, das ich nicht hören kann.

»Och, wie unschön, du hast die Köchin beleidigt!« Hamish wirft theatralisch die Arme in die Luft und rennt seiner Frau hinterher.

»Das wollte ich nicht!« Hilfesuchend wende ich mich zu Grant um und erhasche einen Ausdruck äußerster Erheiterung. Ach, so sieht ein echtes Lächeln bei ihm aus. Es würde mir gefallen, wenn es nicht so offensichtlich auf meine Kosten ginge. Wie schön, dass er so leicht zu amüsieren ist. Das ist doch die reinste Schadenfreude. Knilch, elendiger!

»Tja, da kann man nichts machen.« Er erhebt sich und lässt seine Serviette auf seinen ebenfalls reichlich gefüllten Teller fallen. »Ich hoffe nur, die Hotelgäste haben ein besseres Benehmen. Die arme Jeanne Marie.«

»Besseres Benehmen? Als ich?« Anklagend deute ich auf die anderen vollen Teller, will mich erklären, aber Grant geht kopfschüttelnd an mir vorbei und verlässt wie die Mackenzies den Saal.

Das ist doch alles ein Witz! »Hallo?!«, rufe ich ihm nach.

»*-allo-allo-allo*«, flüstert die Halle.

Das ist so eine absurde Situation. Sollen sie machen, hier läuft ganz offensichtlich etwas, das weniger mit mir als mit den Bewohnern dieses Schlosses zu tun hat. Oder? Ja, bestimmt. Ich sollte mich nicht in irgendetwas mit reinziehen lassen. Aber vielleicht sollte ich mich später bei Jeanne Marie entschuldigen.

Wenigstens ist das meine Chance, einen Löffel in meinen Besitz zu bringen, der offenbar für ein Dessert gedacht war, das es jetzt nicht mehr geben wird. Ohne Nachtisch ins Bett. Wie ungerecht. Aber gut, dann nutze ich die Gelegenheit, um zu arbeiten. So war es ja besprochen. In den Taschen meines Blazers habe ich meinen Laser-Entfernungsmesser, um die Maße des Ballsaals zu erfassen. Ich zücke das Messgerät, und mir fällt auf, dass ich nie in so einem Outfit gearbeitet habe. Das gibt der ganzen Sache einen Hauch von Geheimagentin. Ich nehme die offizielle Spielfilm-Agentinnen-Haltung ein, das Messgerät in beiden Händen vorm Gesicht, Blick von schräg unten, Lächeln gefährlich-verwegen. Dann wirble ich herum mit wehendem Blazer (ich muss nachhelfen und die Jacke unauffällig mit der Hand hochschubsen) und richte den roten Laserstrahl auf die Steinwand hinter dem Tisch.

»Pew, pew!« Ich drehe mich blitzschnell um, schieße kleine Laserpunkte an die Wände und werfe mich in Action-Heldinnen-Posen. In die Hocke, *pew!*, seitlicher Einarmstütz mit ausgestreckter Laserpistole, *pew!*, über den Boden rollen, liegend auf den Kandelaber zielen, *pew! pew!* – und so schnell es geht wieder auf die Füße springen, als ich von irgendwo ein tiefes Lachen höre. Hat da jemand gelacht? Oh nein, hat das etwa jemand gesehen? Oder war es nur das Schloss, das leise gegrummelt hat? Ich richte meine Locken (sinnlos), klopfe den Staub von meinen Sachen (ebenso sinnlos), räuspere mich und mache mich sehr ernsthaft daran zu prüfen, wie weit die Wände voneinander entfernt sind.

Pfeile. Sie brauchen wirklich Leuchtpfeile auf dem Boden. Auf dem Rückweg irre ich durchs Erdgeschoss auf der Suche nach der Treppe, die mich zurück in mein Zimmer bringt. Von irgendwoher höre ich Lachen. Aha! Kinderlachen und die Stimmen der Teenager, die vorhin beim Dinner waren. Sie können mir den Weg zeigen.

Ich folge den Geräuschen und finde bald in einem der schmuckloseren Flure eine Tür, unter der Licht hindurchscheint.

»Hallo?« Ich klopfe, die Stimmen verstummen und die Tür wird einen winzigen Spalt breit geöffnet.

»Alan, richtig?«

Er nickt. Hinter ihm ertönt Geklapper von Geschirr, und es duftet verführerisch nach … nach gutem Essen! Ich habe also die Küche gefunden. Aber wie kann es sein, dass das, was hier ganz offensichtlich gekocht wurde, so aromatisch und köstlich duftet, wenn das Abendessen so grauenhaft war?

»Kann ich helfen?«, fragt Alan.

»Ja, ich habe mich verlaufen.«

»Schon wieder?«

Bevor ich antworten kann, dass dieses Schloss schlimmer verschachtelt ist als die grauenhaften Labyrinthe auf Jahrmärkten, schiebt sich Lucy durch die Tür.

»Tina! Bist du hier, um mir mein Märchen zu erzählen?«

»Ja, genau.« Oh, ja! Genau! Fast hätte ich mein Versprechen nicht einlösen können. Manchmal ist es gut, sich zu verlaufen. Man findet überraschend andere Ziele. Wie zum Beispiel die Küche und ein kleines Mädchen, das sich auf eine Gutenachtgeschichte freut.

Alan sieht hektisch zwischen mir, der Tür und Lucy hin und her. »Aber nicht hier. Hier könnt ihr keine Märchenstunde veranstalten.«

»Schick sie weg!«, ruft Paul aus der Küche.

Ja, Gastfreundlichkeit wird hier eindeutig großgeschrieben.

Lucy schmollt, und Alan sieht mich hilflos an.

»Du kannst mich zu meinem Zimmer bringen«, sage ich zu Lucy, »und unterwegs erzähle ich dir die Geschichte von Prinzessin Liùsaidh und dem gefährlichen Drachen Baldwin.«

»Ich komme sie dann dort abholen.« Alan ist sichtlich beruhigt. Wer weiß, welche Gefahren hinter dieser Tür lauern. Vermutlich haben sie sich heimlich etwas gekocht, und sie haben Angst, dass Jeanne Marie davon erfährt? Mein Magen beschwert sich mit einem lauten Knurren. Den Weg hierher werde ich mir merken, dass das mal klar ist.

Alan findet uns eine halbe Stunde später vor meinem Zimmer in einer Nische auf dem Flur. Hier steht eine kleine gepolsterte Bank unter dem Gemälde einer wunderschönen Frau, die ich kurzerhand in die Geschichte eingebaut habe. Sie muss zur vorletzten

Jahrhundertwende gelebt haben und trägt ein helles Kleid, das über und über mit aufwendigen goldenen Stickereien bedeckt ist. Sie sieht aus wie eine Königin, allerdings wie eine, die man mithilfe von Miedern in dieses Traumkleid quetschen musste.

»Sie trug genau dieses wunderschöne Kleid, als sie den Prinzen küsste.«

»*Iih.*« Lucy kichert und presst sich die Hand vor den Mund. »Und dann lebten sie glücklich bis ans Ende ihrer Tage?«

»Glücklich bis ans Ende ihrer Tage«, sage ich, und Lucy seufzt zufrieden.

Alan lächelt. »Komm, *mo chridhe,* wir gehen zurück zu Paul. Du musst längst im Bett sein.«

Er grinst mir zu. »Schöne Geschichte. Und das Kleid ist wirklich fantastisch.«

»Ja, oder? Ob sie so etwas wohl heute noch herstellen? In meiner Größe?«

»Was trägst du, eine zweiundzwanzig?«

Ich lache laut auf. »Das wäre ein XL-Kleid, sogar für mich. Nein, ich trage eher Größe zwölf, darin kann ich dann sogar so luxuriöse Dinge tun, wie essen *und* atmen!«

»Dich kann man nicht so leicht beleidigen.« Alan grinst verlegen.

»Warum sollte ich beleidigt sein? *Du* kannst schließlich keine Kleidergrößen schätzen.« Ich zwinkere ihm zu.

Alan lacht kopfschüttelnd. »Gute Nacht!«

»Schlaft gut, ihr beiden!«

Hach, was für ein Kleid. Mit einem letzten Blick auf das Gemälde schließe ich die Tür hinter mir. Alles, was ich jetzt will, ist, meinen mitgebrachten Kuchen essen und schlafen. Es war ein langer Tag, zum Glück mein letzter in diesem merkwürdigen Schloss.

Kapitel 6

Tina

»Links, dann rechts, dann … wo! Wo ist diese Treppe?« Ich würde so gern den Weg zurück in mein Zimmer finden. Stattdessen irre ich mitten in der Nacht durch einen Gang, den ich noch nicht gesehen habe, der aber deutlich schöner aussieht als der, aus dem ich gekommen bin. Die alten Holzdielen wurden aufbereitet, auf den Fenstersimsen stehen einzelne wunderschöne antike Vasen, und ich entdecke das Horn eines Hochlandrindes, das wie ein kleines Kunstwerk zwischen schweren Vorhängen in Szene gesetzt wurde. Theoretisch fände ich das alles sehr schön, wenn es nicht ein Uhr nachts wäre und ich unbedingt zurück in mein Bett möchte. Sogar die Lampen hier funktionieren flackerfrei und verbreiten warmes Licht. Da dachte ich, dass das ganze Schloss schon längst schlafen müsste, aber in diesem Flur ist Licht.

»Wo muss ich lang, hm?« Ein Bruder des Ritters aus der Eingangshalle sieht stoisch an mir vorbei. »Du bist auch keine große Hilfe, du hohlköpfige Pupsnase!« Ich schnippe gegen seinen Blechkopf.

»Wo wollen Sie denn hin, Ms Singer?«

Wie aus dem Nichts steht plötzlich Grant vor mir. Bedrohlicher Blick, verschränkte Arme und huch, trägt er etwa einen Arbeitsoverall? Mitten in der Nacht?

Irgendwo hinter ihm macht Piper ein leises fragendes Geräusch, und schon kommt sie um die Ecke getrabt, um mir ihren Kopf gegen die Hand zu drücken. Wie kann so ein Mensch einen derart lieben Hund haben?

Vermutlich ist sie vernachlässigt und unterkrault, weil er zu ihr so herablassend wie zu seinen Angestellten ist. Arme Piper.

Er sieht auch jetzt genervt zu seiner Hündin, die sich freut, mich zu sehen. Anders als ihr Herrchen. Grant ragt über mir auf wie einer seiner ausgestopften Bären, bedrohlich und finster. Wird vermutlich an den Eber-Kämpferinnen-Genen liegen, dass ich ihn am liebsten schubsen würde für diese unfassbar überhebliche Körpersprache. Aber: Ich habe mich mit mir auf Lächeln und Auflaufenlassen geeinigt. Auch wenn es schwerfällt, ich bleibe freundlich.

»Oh, hey, Grant! Wie nett, dass wir uns hier treffen. Aber nenn mich doch bitte wirklich einfach Tina, ja?« Ich strecke meine Hand aus. »In Ordnung, Grant?«

Zweiter Versuch. Erfahrungsgemäß nehmen Vornamen auch den mürrischsten Zeitgenossen ein wenig den Wind aus den Segeln. Es ist, als ließe es sich leichter unfreundlich sein, wenn man jemanden nur mit Nachnamen anspricht. Das schafft Distanz. Die Kombi aus beidem wiederum schimpft sich hervorragend. Tausendfach bewiesen durch Mum, die, wenn sie wütend war, grundsätzlich alle meine Namen benutzte, um lautstark »Tina Annabella Singer!« über den Hof zu brüllen. Heute verwendet sie meinen vollen Namen nur, um ihn kopfschüttelnd zu murmeln. Zum Beispiel, wenn ich entscheide, allein nach Schottland zu fahren, um im Schloss eines schlecht gelaunten Mannes ein Weihnachtsfest vorzubereiten.

»Grant. Ja.« Er schüttelt meine ausgestreckte Hand. Er hat einen festen, angenehmen Händedruck, und die Berührung schickt Wärme durch meinen Körper. Hm. Ist aber auch kalt hier.

Erst jetzt sieht an mir hinunter und guckt verwirrt, bevor er wieder zu mürrisch wechselt. »Hast du einem Teddy das Fell über die Ohren gezogen? Trägt man das jetzt so?«

Mit einer Kopfbewegung lasse ich die Kapuze meines Plüsch-Onesies nach vorn kippen und grinse ihn unter den Kapuzenrand hindurch an. »Jawohl. Ich habe geahnt, dass es kalt werden könnte in den Highlands.«

Wir könnten aber gern noch einmal die Hände schütteln, das war schön warm.

»Ach.« Sein Mundwinkel zuckt und seine Augen funkeln. Dunkel sind sie, diese Augen. Schwarz wie die Nacht, wie die Augen eines gefährlichen Tieres. Ich starre zurück. Teddy gegen Grizzly, so muss es von außen aussehen, wie ich in meinem Lieblingskuschelanzug gegen den großen Schotten in seinem schwarzen Heimwerker-Einteiler anlächle. Sein Blick weicht meinem aus, und innerlich juble ich. Stattdessen runzelt er die Stirn, als könnte er nicht verstehen, was er sieht. Sein Blick wandert tiefer und bleibt an meinem Werkzeuggürtel hängen. »Und was ist das?«

Er wirkt ehrlich amüsiert. Grant! Was passiert da mit deinem Gesicht? Ist das etwa ein echtes breites Lächeln? Das geht also auch? Hm. Vielleicht ist das meine diesjährige Weihnachts-Challenge: diesen griesgrämigen Schotten fröhlich zu stimmen. Das wäre doch gelacht. Wenn mein Bruder Nick es schafft, Mrs Grinch persönlich für Weihnachten zu erwärmen, wird es mir wohl gelingen, diesen misslaunigen Schlossherren zum Lachen zu bringen. Erzähl mir nichts, da glimmt etwas in seinen dunklen Augen, das ganz klar ein Lachen werden könnte. Ein winziger Funken, aber damit kann ich arbeiten.

»Also. Das war so. Ich habe von meinem Zimmer aus was gehört.« Ich deute vage hinter mich. Aus einer dieser Richtungen muss ich schließlich gekommen sein. »Ich war gerade eingeschlafen, als ich dieses Klappern hörte. Zuerst dachte ich, das könnte ich ignorieren, aber dann … es war schlimmer als ein tropfender Wasserhahn. Klack-klack-klack. Macht mich wahnsinnig, so was!« Ich lächle ihn weiter an, doch seine Miene bleibt unbewegt. Fast. Er atmet tief ein und schließt kurz die Augen wie jemand, der seine ganze Geduld zusammensammeln muss.

»Was denn?« Ich klimpere mit meinem Werkzeuggürtel, indem ich etwas mit den Hüften wackle. »Darf man nicht mal kurz was reparieren? Ich hatte zufällig mein Werkzeug dabei und konnte nicht schlafen.«

»Du bist der erste Mensch, den ich sagen höre ›ich hatte zufällig mein Werkzeug dabei‹«. Und jetzt lächelt er doch ein bisschen. Na also.

Ich mustere ihn übertrieben kritisch. »Aber warum bist du mitten in der Nacht im Bastel-Outfit unterwegs?«

Er sieht an sich herunter und lächelt verlegen. »Konnte nicht schlafen.«

»Klappernde Tür, oder?«

Jetzt lacht er wirklich. Ha! Gewonnen!

Kapitel 7

Grant

Macht dieser Frau denn gar nichts Angst? Wir haben die Tür extra klappern lassen! Ich habe die Schrauben selbst gelockert, und Paul und Alan haben durch eine ausgeklügelte Kombination von geöffneten Fenstern dafür gesorgt, dass ein Windzug entsteht, der sie nicht nur klappern lässt, sondern auch ein geisterschlossähnliches *Wuuuuh* erzeugt. Das war gruselig! Ich fand es gruselig, und ich habe hier große Teile meiner Kindheit verbracht. Aber nein, Tina Singer zieht ihr Bärenkostüm an und stapft darin furchtlos durchs Schloss, um die Tür zu reparieren!

Ich weiß gar nicht, ob ich genervt oder belustigt sein soll. Vermutlich wäre es das Beste, direkt zu kapitulieren und sie mit in den Westflügel zu nehmen, damit sie mir bei den Reparaturen hilft. Dann kann sie gleich morgen Ava anrufen und verkünden, dass Dùn Flùraichean ohne Weiteres als Hotel eröffnen kann. An ihr scheitern bisher alle unsere Versuche, sie abzuschrecken. Sie ist ungebremst freundlich, obwohl ich ihr keinen Anlass dazu biete. Das Dinner scheint ihr keinen allzu großen Schrecken eingejagt zu haben, Jeanne Maries Show hat sie nur mäßig beeindruckt, und dass das halbe Schloss weder beleuchtet noch anständig beheizt ist, nimmt sie gar nicht wahr. Und jetzt tapert sie los, um Türen zu reparieren. Nachts! Durch stockfinstere Gänge voller Schatten und knarrender Böden. Hätten wir hier echte Schlossgespenster, sie würde ihnen vermutlich anbieten, ihnen eine Gutenachtgeschichte zu erzählen. Diese Londonerin ist mit allen Wassern gewaschen, ihr Büro hat sie enorm gut auf mich vorbereitet, sie spielt ein ausgeklügeltes Spiel. Mit ihr muss ich vorsichtig sein, und jetzt hat sie diesen Gang gesehen, der zeigt, wie Dùn Flùraichean wirklich aussehen kann.

»Wie bist du überhaupt hierhergekommen?«

Erst jetzt fällt mir auf, dass das nicht hätte möglich sein dürfen. Die einzige Treppe, die von ihrem Flügel hierherführt, existiert nur zur Hälfte, und die große Tür, die die Flügel miteinander verbindet, habe ich mit Balken versehen und zugeschraubt. Nicht schade drum, sie ist eh ein Siebzigerjahre-Relikt, die richtige Tür steht auf meinem Basteldachboden und wartet darauf, wieder schön gemacht zu werden.

»Oh, das war einfach.« Sie zieht einen kleinen Akkuschrauber an einer orangenen Schlaufe aus ihrem Gürtel, lässt ihn kurz vor meinem Gesicht kreisen und dann wieder in die dafür vorgesehene Tasche plumpsen. »Ach. Das hätte ich irgendwie nicht gesollt, oder?«

Sie zieht eine Grimasse, und ihre Nase kräuselt sich. Furchtbar. Wäre sie nicht, wer sie ist, ich würde sie auf ein Date einladen wollen.

»Entschuldigung. Ich werde die Tür nachher wieder zuschrauben.«

Natürlich wird sie das. »Ach, lass.«

Sie lächelt verschmitzt. Nichts da, hier wird nicht gelächelt! »Es reicht, wenn du das morgen früh machst.«

Jetzt lacht sie auch noch. Laut und kehlig. Keine Ahnung, ob sie mich ernst nimmt. Ist das wichtig, wenn sie so lacht?

»Läuft, Grant. Gleich vor dem Frühstück.« Sie salutiert und ihre Teddyohren wackeln. Der ganze alberne Teddyanzug wackelt, der Stoff am Po schwingt fröhlich nach, als sie sich zum Gehen wendet. Dieses Plüschding hat sogar ein kleines Puschelschwänzchen. Ehrlich. Wie soll ich denn so eine Gutachterin ernst nehmen? Oder ist das auch ein Trick? Oh, sie ist raffiniert!

»Du bist schon ein komisches Kerlchen, Schlossbesitzer.«

»Ich?« Ich bin komisch? Sagt mir ein eins siebzig großer Teddy mit blauen Strahleaugen und Werkzeuggürtel? »Wer hat denn die Rüstung Pupsgesicht genannt?«

»Pupsnase.«

»Wie auch immer. Du fluchst ja nicht einmal richtig.«

»Ach, fluchen wäre dem feinen Herrn genehm, was?« Schon wieder dieses Lächeln. Fall ich nicht drauf rein.

»Das ist doch kindisch.«

»Nun, ich treffe in meinem Job eben viele Kinder.«

»In den Häusern, die du zum Funkeln bringst?«

»Natürlich.« Sie zuckt mit den Schultern. »Die Eltern und Auftraggeber wären ziemlich aufgebracht, wenn ausgerechnet die Weihnachtsengelfrau ihren Kindern Schimpfwörter unterjubelt, die sie unmöglich aus dem Kindergarten haben können.«

Weihnachtsengelfrau. Wir sind überhaupt nicht eingebildet, was? Grant, du klingst verbittert, würde Jeanne Marie jetzt wieder bemängeln, und sie hätte recht. Tina *sieht* aus wie ein Weihnachtsengel. Große, leuchtende Augen, hohe Wangenknochen und diese Locken – das wird sie mehr als einmal zu hören bekommen haben. Warum sollte sie sich selbst nicht auch so nennen? Besser, als sich darüber aufzuregen. Aber mit Schönheit ist das vermutlich auch einfacher. Leichter, als einen Makel anzunehmen. Als jeden Morgen von dieser Narbe im Spiegel begrüßt zu werden.

»Nick – das ist mein Bruder – sagt immer, ich sei zu impulsiv. Also haben wir ›brav fluchen‹ geübt.« Wieder lacht sie. »Ich sage nur kindertaugliche Sachen wie zum Beispiel Nudelkopf und … heilige Scheiße!« Ihre Stimme wechselt von Märchentante zu Bierkutscher in nur einer Sekunde.

Fast lache ich laut auf. »*Das* ist kindertauglich?«

Tina ist vor einem der Fenster stehen geblieben und starrt mit offenem Mund hinaus.

»Guck, guck!« Sie zeigt nach draußen in die Nacht, und jetzt sehe ich es auch.

»Polarlichter.«

»Ich muss da raus!« Sie dreht sich auf dem Absatz im Kreis, ihre Locken wirbeln wie ein goldenes Feuerwerk um ihren Kopf. »Wo geht's raus? Ich habe die noch nie gesehen!« Sie springt auf mich zu und packt mich mit beiden Händen am Kragen. »Und die sind so verflucht schön! Bring mich sofort nach draußen!«

Der schlimmste aller Lachanfälle bahnt sich einen Weg durch meinen Körper. Sie sieht aus wie ein aufgeregtes Eichhörnchen und verhält sich auch genauso. Wenn ich sie nicht sofort rausbringe, wird sie vermutlich im Eichhörnchenstyle die Wände hochrennen, und ich werde lachend auf dem Boden sitzen.

»Komm mit.« Ich öffne die Tür in den nächsten Flur, schiebe Bahnen von Plastikfolie zur Seite, die ich vor wenigen Tagen als Staubschutz angebracht habe, und lotse sie durch einen Hindernisparcours aus Mörteleimern, Zementsäcken und Werkzeug.

»Ist das der Weg aus dem Schloss?« Sie stapft über raschelnde Abdeckplanen hinter mir her.

»Nein. Besser.«

Ich stoße die nächste Tür auf und nehme eine Taschenlampe aus der alten Halterung an der Wand, an der früher einmal eine Laterne hing, und leuchte auf enge Stufen.

»Auf den Turm!« Tina wippt aufgeregt auf den Fußballen. »Grandiose Idee!«

Ist es, aber leider auch viel zu nett. Ich hätte mich nicht von ihr anstecken lassen dürfen, wie soll ich denn so als schlechter Gastgeber überzeugen? »Pass auf, wo du hintrittst«, sage ich deshalb so finster wie möglich. »Alles einsturzgefährdet. Ich führe uns hier hoch.«

»Dann mach das auch!« Sie schubst mich spielerisch. »Bevor die Lichter weg sind. Schneller!«

Ich gehe übertrieben langsam, deute auf angeschlagene Stufen und tiefhängende Balken. Tatsächlich könnte sie hier ausrutschen oder sich den sturen Lockenkopf stoßen, also übertreibe ich nicht nur. Aber ein bisschen eben schon, und so versucht sie immer wieder, sich an mir vorbeizuquetschen.

»Mäßigen Sie sich«, murmle ich. Etwas, das mein Großvater gern sagte. Seine ganzen Ermahnungen zur Geduld sind auch an mir abgeprallt. Ihre Ungeduld kann ich so gut verstehen, Warten war auch nie meine Stärke. Wenn ich etwas will, dann gleich, vergiss Vorsicht, vergiss Taktik, gib mir die guten Sachen, jetzt, sofort.

»Da vorn den Kopf einziehen, über dem Balken wohnen Fledermäuse.« Ah, gut, dass ich das anbringen kann. »Ich habe den *Bat Conservation Trust* informiert, die kümmern sich um den Schutz von Fledermäusen. Damit können wir den Ausbau des Turms vergessen.«

»Ach?«

»Ja, sie stehen unter Naturschutz, kann man nichts machen, der Turm gehört jetzt ihnen.« Das wird Ava richtig ärgern!

»Schön, schön, aber schnell jetzt! Die Lichter!«

Als wir an der oberen Tür ankommen, duckt sie sich unter meinem Arm hindurch und tänzelt über einen am Boden liegenden Balken bis zur Brüstung. Öhrchen wippend, Teddy-Po wackelnd, dicht gefolgt von Piper, die einen Narren an dieser Frau gefressen hat. Dürfen treue Hunde das? Sich so an wildfremde Menschen hängen, nur weil die so voller funkensprühender, ansteckender Freude sind? Ist das loyal? Ich seufze. Vermutlich sieht Piper in diesem Augenblick genauso aus wie ich: Läuft Tina grinsend nach, gespannt darauf, was diese Erscheinung von einer Frau als Nächstes tut.

Sie breitet die Arme aus, das tut sie. Wirft den Kopf zurück. Als wolle sie die Lichter einatmen, umarmen. Ganz und gar erleben. Kann man es ihr verübeln? Kann man nicht. Man muss aber so tun als ob. Während Piper also neben unserem Gast steht, die Pfoten auf der Mauer, verschränke ich die Arme und lehne mich neben der Tür an den Turm. Böse Miene zum guten Spiel. Oder so ähnlich. Was auch immer passiert, schön unfreundlich bleiben.

Das hatte ich mir nur deutlich einfacher vorgestellt. Warum muss ausgerechnet Tina hier auftauchen? Hätten sie nicht jemanden schicken können, der

Ausstrahlung und Charme eines Betonmischers hat? Muss es eine Frau mit einer rauen Lache und einem Werkzeuggürtel sein? Wie wäre es wohl, mit ihr zusammen statt gegen sie zu arbeiten? Wenn wir die gleichen Vorstellungen hätten, wie Dùn Flùraichean aussehen soll? Was für ein ärgerlicher Gedanke, wie weit entfernt von der Realität.

Außerdem werde ich hier auch mal wieder sabotiert. Was fällt dem Himmel ein, ausgerechnet jetzt sein Bestes zu geben? Muss das sein? Diese übertriebene Schönheit? Grün und leuchtendes Türkis, ein anmutiger Tanz der Lichter, mystisches Leuchten über den Highlands. Die absolute Stille und Tinas Scherenschnitt-Silhouette vor dem Spektakel am Himmel. Nichts davon passt zu meinem Plan. Kann nicht einmal etwas so laufen, wie ich es mir vorgenommen habe?

Da. Jetzt habe ich tatsächlich schlechte Laune. Perfekt, die werde ich nutzen. Kein freundliches Wort wird über meine Lippen kommen. Unverschämte Schönheit.

Kapitel 8

Tina

»Aber darauf falle ich nicht rein, verstehst du?«

Piper versteht. Natürlich tut sie das, sie weiß ja, wovon ich rede. Nachdem wir gestern gemeinsam Nordlichter beobachtet haben, sind wir Freundinnen, diese struppige graue Hündin und ich. Spür ich einfach. Vielleicht vor allem daran, dass sie heute Morgen vor meiner Zimmertür lag und auf mich wartete, mit einem bunten Ball zwischen den Pfoten. Da ich nicht weiß, ob ihr Herrchen schon mit ihr draußen war, habe ich entschieden, ein wenig mit ihr über das Gelände zu spazieren. Von den übrigen Schlossbewohnern war nichts zu sehen, mein Frühstück hat mir wohl im Morgengrauen jemand vors Zimmer gefahren – ein kleiner Servierwagen, auf dem eine Tasse kalter Tee und eine Schüssel Porridge standen. Das Porridge war ebenfalls inzwischen kalt geworden und bestens dafür geeignet, um Wände zu verputzen oder Dinge aneinanderzukleben. Na, der Gedanke zählt, und ich bin heute Abend wieder zu Hause und kann mir etwas Vernünftiges kochen. Ach was, ich werde unterwegs schon an jeder Teekanne anhalten und mir kiloweise Snacks kaufen.

»Es ist doch so«, erkläre ich Piper, »dass dein Herrchen ziemlich sexy aussieht. Wie? Ja, das fällt dir natürlich nicht auf. Aber mir. Leider. Hast du mal auf diese Augen geachtet? Und dieses gelangweilte kleine Lächeln? Alles sehr attraktiv. Das bleibt aber unter uns, versprochen? Gutes Mädchen.« Ich werfe Pipers Ball über die Rasenfläche. Die von Reif überzogenen Halme glitzern silbern im Morgenlicht und knistern und knacken leise unter den Sohlen meiner Stiefel. Kalter Wind bringt den Duft von Schnee mit. Ein perfekter, sonniger Wintertag. Piper kommt zurückgesprintet und legt mir den Ball vor die Füße.

»Aber das hilft alles nichts, wenn er sich benimmt, wie er sich nun einmal benimmt. Was meinst du?« Ich beuge mich zu Piper und kraule sie hinter den Ohren, kleine Wölkchen bilden sich, wenn ich ausatme. »Ja, ganz offensichtlich hatte er gestern Abend zwei nette Minuten. Vielleicht zwanzig davon. Als hätte er kurz vergessen, was für eine Spaßbremse er ist. Sogar unterhalten haben wir uns, hast du das mitbekommen? Smalltalk, aber immerhin. Was ist das mit ihm, sag mal? Immer, wenn er etwas Freundiches sagt, sieht es aus, als würde er innerlich darüber fluchen. Ach, ein bisschen schrullig meinst du? Gut möglich. Und ja, es war auch nett, mich zu meinem Zimmer begleiten. Sonst hätte ich mich hoffnungslos verfranzt und vermutlich in irgendeinen schönen Vorhang eingewickelt auf dem Flur geschlafen. Aber guck mal, das ist es eben!«

Piper macht leise wruff. So verständnisvoll, da kann das Navi nicht mithalten.

»Das hatte ich doch alles schon, und damit bin ich durch, mit dieser Art Mann. Ob es davon mehrere gibt? Aber hallo! Sei froh, dass du nicht in der Großstadt lebst, du würdest dich umsehen. Was da so rumläuft! Ich habe diese Freundin, Beth, die sich mit großer Regelmäßigkeit in gemeine Kerle verliebt. Weil sie überzeugt ist, dass unter der harten Schale irgendwo ein weicher Kern ist und dass man die raue Schale mit ordentlich Liebe knacken kann.«

Piper lehnt sich gegen mein Bein, und ich kraule sie hinterm Ohr.

»Aber weißt du was: Nach *einem* Exemplar von der Sorte habe ich genug. Er war zwei Sekunden nett, und dann habe ich ewig gewartet, dass die nächsten zwei Sekunden kommen. Beth glaubt, sobald ein Widerling auch nur etwas Nettigkeit zeigt, dass das sein wahrer Charakter wäre. Ja, so habe ich auch geguckt. Das ist wie mit, mit … ich weiß nicht. Als käme unter einer kratzigen Oberfläche einfach nur die nächste Schicht kratziger Kram, wie bei … etwas, das sehr kratzig ist. In Schichten. Ja, so nämlich.«

Ich werfe den Ball wieder und freue mich, wie wild sie ihm hinterherjagt. Piper kommt freudig zurückgerannt und sieht mich aufmerksam an. Ich glaube, dass meine fantasievollen Metaphern sie ungemein beeindrucken.

»Das hast du dir sicher gedacht: So einen Typen mit Schichten habe ich schon gedatet, es war eine Katastrophe. Nicht, dass ich dein Herrchen daten wollen würde. Ich meine nur. Was ich eigentlich meine? Ach so. Dass interessant auszusehen nicht reicht. Wirklich wichtig sind andere Dinge. Das weißt du auch, hm? Was wichtig ist?«

In Pipers Bernsteinaugen funkelt Weisheit. Könnte auch das Licht der Wintersonne sein, die langsam immer höher wandert und durch die Baumgruppe vor mir leuchtet. Die Frage, die meine struppige neue Freundin mir nicht stellt, die aber groß wie ein dudelsackspielender Elefant auf der Wiese vor uns steht, ist: Warum mache ich mir überhaupt solche Gedanken?

»Vergiss das alles ab ›Guten Morgen‹. Es ist unwichtig.« Ich streiche Piper über den Kopf, sie bellt einmal vergnügt und sprintet dann davon, ohne dass ich den Ball geworfen habe. »Hey, warte!«

Sie ist hier zu Hause, ich könnte sie laufen lassen und mich wieder an die Arbeit im Schloss machen, aber die

Morgenluft ist so klar und, und … und außerdem bin ich neugierig. Dieses Gelände ist riesig, und wann habe ich schon die Gelegenheit, mir so ein Schloss samt Drumherum ohne Reiseführer oder Touristen anzusehen? Schließlich bin ich hier Gast, und ich habe einen Job, ganz offiziell, ich darf ein wenig herumlaufen. Ich höre Piper bellen und sehe sie um die nächste Schlossecke rennen. Schulterzuckend folge ich ihr.

»Ah, guten Morgen.« Hamish kommt mir mit einem Stapel Feuerholz unterm Arm entgegen. »Du bist aber früh unterwegs.«

»Na ja, je früher ich hier fertig bin, desto schneller kann ich wieder heim. Und außerdem: Der frühe Vogel –«

»Ist besser als die Taube auf dem Dach!« Er nickt zufrieden, dann verfinstert sich sein Ausdruck. »Aye, da ist was dran. Willst du hier draußen auch etwas verändern?«

»Etwas schmucklos ist es schon.« Ich betrachte die Auffahrt, die großen Rasenflächen – ein paar Solarlichter könnten nachts die Wege beleuchten. »Ich denke, hier kann man etwas machen. Das würde den Gästen sicher gefallen.«

»Den Gästen, den Gästen«, grummelt Hamish. »Lass das mal nicht den Boss hören. Wird ihm auch nicht gefallen, wenn du hier draußen herumläufst.« Er schüttelt langsam den Kopf. »Nee, wird ihm definitiv nicht gefallen. Du solltest besser wieder reingehen.«

Er sieht so besorgt aus. Hat er etwa Angst vor Grant? Ist er so ein schrecklicher Schlossherr? Das würde passen, dass er alle mit seiner schlechten Laune tyrannisiert, so sieht er aus.

»Mach ich, Hamish, ganz bestimmt. Ich gehe nur eine Runde ums Haus. Ums Schloss, meine ich.«

Er presst die Lippen aufeinander und legt den Kopf schräg. »Na, wenn ich das mal glauben kann. Nicht erwischen lassen, ja?«

»Versprochen. Ach, und Hamish?«

»Ja?«

»Welcher Vogel fängt den Wurm?«

»Na, das blinde Huhn.« Er schüttelt den Kopf und macht leise ts-ts, als er seinen Weg wiederaufnimmt.

Hätte ich auch draufkommen können. Ich winke und laufe auch weiter, Piper hinterher, die ich hinter der nächsten Ecke leise bellen höre. Das müssen die Ställe sein, denke ich, als ich die einstöckigen Anbauten auf der Rückseite des Schlosses entdecke. Piper verschwindet in einer der halboffenen Türen, und weil ich nun einmal sehr besorgt um das Wohl des Hundes (und überaus neugierig) bin, quetsche ich mich auch durch die Tür und bleibe wie vom Donner gerührt stehen.

Von wegen Stallungen! Das war irgendwann einmal. Auf dem Steinboden stehen Oldtimer, alte Limousinen parken neben staubigen Landrovern und Nutzfahrzeugen, die aus der Nachkriegszeit stammen müssen. Es ist ein richtiges kleines Museum. Sogar einen alten Kutschenanhänger kann ich entdecken.

»Wie wunderschön!« Hier drinnen ist die Zeit stehen geblieben. Generationen der schönsten Autos schlafen im staubigen Licht, teilweise sorgfältig unter Planen versteckt, einige rosten vergessen vor sich hin. Relikte längst vergangener Autobaukunst. Vollends verzaubert bin ich, als ich einen Milchwagen entdecke, ein elektrisches *Milk Float* aus den Siebzigerjahren. Ich unterdrücke einen Freudenschrei. Diese Wagen kenne ich nur aus den Erzählungen meiner Eltern und aus alten Filmen. Diese kistenförmigen Wagen mit den großen Ladeflächen für die Milchkisten voller

Glasflaschen fuhren morgens durch die Straßen, kaum schneller als zwanzig Meilen pro Stunde, und die Fahrer brachten die Milchflaschen in der Morgendämmerung zur Haustür. Wie idyllisch! Das hätte ich zu gern gesehen. Am liebsten würde ich sofort ausprobieren, ob dieses Modell hier vor mir noch fährt. Wie es da so steht, unschuldig eckig und schnörkellos zwischen all den teuren Nobelwagen, mit platten Rädern, völlig verstaubt und ein bisschen schief … wie könnte ich da widerstehen!

»O hallo«, sage ich in meiner besten Bist-du-öfter-hier-Stimme und puste Staub von den alten Scheinwerfern. »Guck mich mal an. Mhm, ja, du bist ein Hübscher!«

Mit ein bisschen Liebe und viel Arbeit könnte ich den Milchwagen umrüsten und modernisieren, dann könnte das Wägelchen wieder durch die Gegend brausen, voll elektrisch und wow, ist der großartig! »Okay, mit wem muss ich was anfangen, um an dir herumschrauben zu dürfen?«

Ich weiß es, als ich es sage. Merke, dass das eins dieser Stichworte ist, die das Leben nicht auslassen kann. Warum? Warum rennt man nie gegen Glastüren, wenn niemand guckt, warum sagt man dumme Dinge nie dann, wenn sie niemand hört? Es gibt ein paar universelle Gesetze. Physik, Schwerkraft und der ganze Kram und dann eben das. Das universelle Gesetz der Peinlichkeiten.

»Er steht hinter mir, richtig?« Ich tippe dem Milchwagen gegen den Blinker. »Zwinker einmal für Ja.«

»Störe ich?« Grant klingt belustigt. »Was ist das mit dir und Gegenständen?«

»Gegenstände?« Ich werfe ihm einen empörten Blick über die Schulter zu und flüstere dem Milchwagen zu: »Hör nicht auf den Mann, du bist so viel mehr!«

»Da sag noch einmal jemand, man könne Frauen nicht mit Schrottkarren beeindrucken.« Grant macht ein Geräusch, das durchaus belustigt klingt. Allerdings wird er sofort wieder ernst. Was für ein Spielverderber.

»Wie kommst du in meine Garage?« Heute trägt er derbe Stiefel, Jeans und einen Wollpulli, der kratzig und gleichzeitig kuschlig warm aussieht. Aber vor allem eben rau und überaus unweich.

Ich zwinkere Piper zu. *Siehst du, kratzig, ich hab's dir gesagt.* Sie grinst mich verschwörerisch an. Ja, Hunde können so etwas. Vielleicht freut sie sich auch einfach nur so.

»Oh«, ich deute auf meine pelzige neue Verbündete, die brav neben ihm steht. »Piper hat mich hergebracht.« Als sie ihren Namen hört, kommt sie zu mir. »Ich war auf der Suche nach den Ställen für die Tiere.«

»Die sind weiter hinten auf dem Gelände. Außerdem haben wir keine Tiere, was also tust du hier? Für mich sieht es aus, als wärst du einfach so hier reingelaufen. Unbefugt.«

»Die Welt den Unbefugten!« Ich recke kämpferisch eine Faust in die Luft. Keine Reaktion. Augenbrauen und Mund: strenge Linien. »Nicht? Okay. Aber die Tür stand offen. Und eine offene Tür ist eine Einladung.«

»Ist das so in London?«

Hm. »Woher kommen all die Autos?«

»Du lenkst ab.«

»Du antwortest nicht.«

»Wir werfen nie etwas weg. Es ist eine Familiensache. Du solltest die alten Abstellräume sehen. Wir kaufen, wir konservieren, wir kaufen selten neu, weil wir es uns leisten können, Dinge zu besitzen, die ewig halten. Wir sammeln. Immer schon. Und jetzt sammle eben ich.«

Verrückt, und ich dachte, ein Mann, der überwiegend mit Grunz- und Brummlauten kommuniziert, würde in seiner Freizeit zum Spaß Baumstämme werfen oder etwas ähnlich Schottisches, mit dem man bei den Highland Games glänzen kann.

»Autos?«

»Auch.« Er starrt mich weiter grimmig an. »Andere haben große Bibliotheken, ich sammle alte Autos.«

»Wer braucht schon Bibliotheken?« Darf ich hier einziehen? Mit meiner Schrankwand und meinem Werkzeugköfferchen, bitte schön? »Warum lässt du sie so verfallen?«

»Das war immer ein Projekt für später, aber dann habe ich … Das muss ich überhaupt nicht erklären.« Er verschränkt die Arme. Und da ist er wieder, Grant im Monster-Modus. Groß ragt er über mir auf und guckt bedrohlich. Ach, was für eine Nervensäge. »Was interessiert dich das?«

»Ich mag kaputte, schräge Dinge.« Ich zucke mit den Schultern. »Sachen, die niemand mehr will, weil sie hässlich und nutzlos sind. Ich finde oft schön, was andere links liegen lassen.«

In seinen Augen blitzt etwas auf. Wut? Er schluckt und wendet den Blick ab, als hätte ich ihn verletzt. Oh.

»Sorry. Ich wollte nur …«

»Du wolltest nur was?« Uuund da ist er wieder, nichts ist verletzt, alles noch heil, er ist genauso garstig wie immer. »Ein bisschen hier herumschnüffeln?«

»Genau das!« Jaha, damit hast du nicht gerechnet, was? Grant schüttelt verwirrt den Kopf, ich grinse etwas breiter, ducke mich an ihm vorbei und zupfe an einer Plane, die ein merkwürdig flaches Auto bedeckt. »Wow! Wie zum … wo hast du den denn her?«

Unter der Plane kommt ein Rennwagen zum Vorschein. Nicht irgendein Sportwagen, nein, ein richtiges Rennsportfahrzeug, weiß mit roten Streifen und Werbeaufklebern – und einem beachtlichen Blechschaden.

»Ist meiner.«

»Du bist Rennen gefahren?«

»Ist das so erstaunlich?« Er zuckt mit den Schultern. »Ich war jung und brauchte kein Geld.«

Leichtes Zittern im Mundwinkel – hat er etwa einen Witz gemacht? Grant, der grummelige Schotte, macht Witze?

»Es ist schon erstaunlich«, sage ich. »Du bist ungefähr so groß –« Ich mache mit der Hand neben seinem Kopf Striche in die Luft, »und der durchschnittliche Rennfahrer ist eher kompakt. Snacksize.« Ich zeige die ungefähre Größe eines Durchschnittsrennfahrers zwischen Zeigefinger und Daumen.

War das ein Grunzen oder ein Lachen?

»Aye. Ich war zu groß. Deshalb musste ich aufhören.« Grant richtet sich zu voller Größe auf. »Bin aus dem Sport rausgewachsen. Wollte ich nur nicht wahrhaben und bin mein letztes Rennen ziemlich wütend gefahren.«

Seine Hand und mein Blick wandern gleichzeitig zu seiner Narbe.

»Aye«, sagt er leise. »Daher habe ich diese Hässlichkeit.«

»Oh, aber die Narbe macht dich nicht hässlich!« Ups.

Er lacht spöttisch. »Ach, die nicht? Was dann?«

»Narben finde ich nicht hässlich. Und außerdem, die Alternative zur Narbe ist … na, was ich sagen wollte …« Was wollte ich sagen? Dass er unverschämt gut aussieht und die Narbe wirklich das allerkleinste Problem ist, wenn er einen derart knurrigen Charakter spazieren trägt? Aber eben war er anders, geradezu sanftmütig. Oh, das ist alles komplett verwirrend und ich sollte sehen, dass ich wegkomme.

»Ja?«

»Pff, weißt du«, ich deute hinter mich. »Also eigentlich wollte ich …«

»Du wolltest mir eigentlich ein Kompliment machen?« Er lächelt schelmisch, seine Augen wirken dunkler, tiefer. Die kalte Luft knistert, der Abstand zwischen uns schrumpft, obwohl sich keiner von uns bewegt.

Schnell einen Schritt rückwärts machen. »Ist auch schon spät, hm?«

Er schiebt den Ärmel seines Pullovers hoch und sieht auf seine Uhr. »Ach ja?«

»Spät am Morgen. Meine ich. Ich geh dann lieber wieder rein, erledige meinen Job und gegen Mittag bin ich dann schon zurück auf dem Weg nach Hause.«

»Bist du nicht.«

»Bitte?«

»Du fährst nirgendwohin.«

Ah. Okay. Mit der Narbe und dem Nettsein bin ich zu weit gegangen, so grimmig entschlossen, wie er jetzt aussieht. Jetzt haben wir ein Problem, McBeast. Ich gehe in Kampfstellung, rufe »Haaya!«, weil man das halt so macht und so auch der sturste Schotte begreift, dass diese gelockte Frau nicht bereit ist, irgendwo gegen ihren Willen zu bleiben.

Grant blinzelt. »Was wird das jetzt?«

Er bleibt genauso stehen wie vorher, sieht aber deutlich unbedrohlicher aus. Jetzt ist er nur ein großer verwirrter Schotte, dem ganz langsam ein Licht aufgeht.

»Oooh. Du dachtest … oh.« Er verzieht den Mund und knetet verlegen seinen Nacken. »Aye. Verstehe. Du kannst jetzt mit den Handkantenschlägen aufhören. Niemand hält dich hier fest. Außer –«

»Aha! Außer?« Ich tänzle ein bisschen, Fäuste geballt.

Er deutet mit großer Geste zur Tür. »Außer dem verdammten Sturm, der in diesem Moment vom Meer aus auf uns zurast.«

»Ach.« Ich lasse die Fäuste sinken. »Aber das Wetter sieht so schön aus.«

Er stöhnt genervt. »Schottland. Vier Jahreszeiten an einem Tag, nie gehört? Dafür sind wir berühmt. Nebel, Sonne, Schneesturm. So ein Tag ist heute. In den Nachrichten haben sie gerade die Warnstufe rot ausgesprochen. Der Sturm ist mit achtzig Meilen die Stunde unterwegs und bringt Schnee mit. Deshalb bin ich hier draußen. Die Türen sichern, festbinden, was sonst wegfliegen könnte. Niemand, der bei Verstand ist, sollte da draußen unterwegs sein, wenn der Sturm aufs Land trifft.«

»Wenn ich jetzt losfahre …«

»Erwischt der Sturm dich auf Höhe von Inverness, und dann stehst du da mit deinem alten Pick-up.« Er schüttelt den Kopf. »Erinnerst du dich an den Sturm *Arwen*?«

Arwen, ein furchtbarer Novembersturm. Bilder von meterhohen Wellen, die Leuchttürme überragen, tauchen vor meinem inneren Auge auf. Von abgedeckten Häusern und umgestürzten Bäumen. Nein, auf keinen Fall will ich in so einen Sturm geraten. Fast finde ich es rührend, dass mein grimmiger Gastgeber sich Sorgen um mich macht.

»Fährst du jetzt«, sagt er, »muss ich nachher los, dich aus der verdammten Schneewehe angeln.«

So viel zu rührend.

Mit einem wütenden Schwung deckt er den Rennwagen wieder zu. »Und ich hasse es, bei Sturm zu fahren. Hasse es.«

Ja, das sehe ich wohl. Hätte nicht gedacht, dass er noch finsterer gucken kann, aber er sieht aus wie der Sturm persönlich. Die dunklen Augenbrauen zusammengezogen, die Narbe ein silberner gerader Blitz auf wütender Gewitterstirn. Was für ein dramatischer Mensch. Vielleicht färbt das Wetter hier oben auf den Charakter der Leute ab. Also gut, McSturm. »Bitte schön. Fahr ich halt nicht.«

Er nickt zufrieden. »Ich werde Jeanne Marie sagen, dass du zum Essen bleibst.«

Darf ich den Schneesturm noch mal sehen? »Gut. Und ich rufe zu Hause an, dass ich erst morgen zurückfahre.«

»Wie auch immer.« Damit lässt er mich stehen, pfeift Piper zu sich und tritt hinaus in den Sonnenschein.

Sturm. Sicher doch.

Kapitel 9

Tina

Was für ein Unwetter. Der Sturm rast, heult und faucht ums Schloss, wirft sich mit Gebrüll gegen Türen und Fenster, und dort, wo die Dichtungen fehlen, schlägt er mit eiskalten Krallen durch die Ritzen. In meinem Zimmer war es unbehaglich kalt, in der großen Halle ist es keinen Deut besser. Die Lichter über unseren Köpfen flackern immer wieder, bleiben aber zum Glück an und scheinen in den Suppenteller, der vor mir steht. Suppe, habe ich bisher immer geglaubt, könnte man gar nicht falsch zubereiten. Wie es sich herausgestellt hat, kann man eine Kartoffel-Lauch-Suppe anbrennen lassen und gemein überwürzen. Es schmeckt wie angebrannter Pfeffer zum Löffeln.

»Gut, oder?« Grant ruft mir vom anderen Ende des Tisches zu.

An der Sitzordnung des Vorabends hat er festgehalten, allerdings sind wir heute nur zu zweit. Die Mackenzies haben sich in ihr Haus zurückgezogen. Oder wurden dorthin beordert – ich werde nicht schlau aus der Beziehung, die Grant zu seinen Angestellten hat.

»Ja, danke.« Ich hebe einen Löffel voll Suppe, als wollte ich ihm damit zuprosten. »Ganz fantastisch. Die zukünftigen Gäste des Spas werden begeistert sein.« Weil sie während ihres Aufenthaltes mit Sicherheit das ein oder andere Kilo verlieren werden.

Grant murmelt vor sich hin. Bitte, soll er. Erst besorgt, dass ich mir im Sturm die Ohren brechen könnte, jetzt wieder ein Ausbund an schlechter Laune. Es ist nicht fair, dass die Gutaussehenden immer einen an der Waffel haben. Vielleicht kann ich ein bisschen verstehen, dass Beth sich jedes Mal in die Falschen verguckt. Wie er da sitzt, schweigt und mich mit seinen dunklen Augen nachdenklich ansieht, ist das leider gar nicht so unangenehm. Es sind Augen zum Drin-Versinken, und wüsste ich es nicht besser, würde ich glauben, sein Blick wäre mehr als freundlich. Sanft, interessiert, tiefgründig. Ist natürlich Unsinn. Zum Glück spricht Grant ab und zu und erinnert mich daran, dass er alles andere als sanft und tiefgründig ist, griesgrämiger Klotz.

»Es ist unhöflich«, verkündet er, »beim Dinner aufs Handy zu starren.«

So zum Beispiel. Geht doch.

»Ich starre nicht auf mein Handy.« Ich beobachte nämlich dich und tue nur so, als wäre mein Telefon interessanter, ha! »Es ist nur so, dass du in einem Funkloch wohnst und ich es nicht schaffe, meine Familie zu informieren, dass ich nicht nach Hause komme. Und ich habe einen Dad, der sich schnell mal in etwas reinsteigert, und das bekommt seinem Herz nicht sonderlich gut. Dad ist …« Ich lege die Hand über mein Herz. Mehr Erklärung bekommt er nicht. »Aber ich habe einfach kein Netz. Alan hat mir das Passwort fürs WLAN gegeben, aber auch das …« Ich schüttle mein Handy, als würde das irgendetwas ändern.

»Kein Netz!« Die Lichter flackern, Grant schlägt mit der Hand auf den Tisch, und obwohl ich das von gestern bereits kenne, mache ich einen kleinen Satz auf meinem wackeligen Stuhl. Noch einmal auf den Tisch dreschen, noch einmal erschrocken hopsen, und das marode Möbel gibt unter mir nach, ganz bestimmt.

Grant schleudert seine Serviette auf den Tisch und wirft seinen Stuhl beinahe um, als er aufspringt. Piper sieht erschrocken zu ihm auf. »Kein Netz. Kranker Vater. Das ist ja wohl … unmöglich ist das.«

Unmöglich? Gehört kranker Vater sich etwa genauso wenig wie Aufs-Handy-Starren? Ohne eine weitere Erklärung marschiert Grant an mir vorbei, lässt die Türen zum Saal weit offen stehen und verschwindet in den Gängen des Schlosses. Piper erhebt sich von ihrem Platz neben Grants Stuhl und trottet ihm langsam hinterher. Neben mir bleibt sie kurz stehen und sieht mich fragend an.

»Lauf ruhig, Mäuschen. Ich glaube, dein Herrchen braucht dringend deine Unterstützung.« Komischer

Kauz. Aber so kann ich mich wenigstens auch vor dem Essen drücken.

Ich habe mir das karierte Plaid aus dicker Wolle von meinem Bett umgewickelt und schaffe es trotzdem nicht, richtig warm zu werden oder das Wohlwollen der Lady auf dem Gemälde zu erregen. Gleicher sauertöpfischer Blick wie bisher. »Dabei tragen wir jetzt fast den gleichen Look!«

Es klopft an der Tür, mitten in meine Diskussion über Solidarität unter Frauen mit Lady Miesepetrig. Miese Petra?

»Ja?« Bemüht hoheitlich schleife ich meine Plaid-Schleppe hinter mir her und überlege, wie ich am besten reagieren soll, wenn ich die Tür öffne. Höflich desinteressiert? Geheimnisvoll lächelnd? Oder soll ich McMotz direkt mal einen Vortrag über Gastfreundlichkeit und beheizte Zimmer halten? Ja, eindeutig Letzteres. *Kill them with kindness* endet da, wo ich nichts Gutes zu Essen bekomme. Hungrig und freundlich schließt sich aus. Wütend reiße ich die Tür auf – aber dann steht da nur Alan, und ich stelle fest, dass ich fest mit Grant gerechnet habe. Nanu.

Alan lächelt schief und hält mir ein Tablett entgegen. »Hier, der Boss sagt, du brauchst das.« Mit einem Klick erweckt er den Bildschirm zum Leben. »Darüber kannst du mit deiner Familie skypen. Oder zoomen oder so, auf jeden Fall habe ich alles eingerichtet für ein Videotelefonat. WLAN funktioniert. Solltest dich aber beeilen, wenn das mit dem Sturm so weitergeht …« Er nickt vielsagend zum Fenster. »Letztes Mal hat's den Strom ausgeschaltet.«

Ein bisschen fassungslos nehme ich das Tablett entgegen. Der Boss schickt ihn? Damit ich mit meiner Familie reden kann? Oooh nein. Nein, nein und noch mal nein. Das werde ich jetzt überhaupt nicht nett und rücksichtsvoll finden. Darüber muss ich nur den Rest von mir informieren, denn irgendwo in der Magengegend werden ungefragt lauter wohlig warme Gefühle und jede Menge Rührung produziert. Dad sagt immer, andere sind nah am Wasser gebaut, wir sind nah an Weihnachten gebaut. Deshalb sind die Singers furchtbar anfällig für kleine freundliche Gesten und bereit, in allem irgendwelchen Glitzerzauber zu entdecken. Selbst wenn eine nette Geste von einem Griesgram kommt. Deshalb muss ich dagegenhalten, nicht mit mir, ich werde mich nicht von so billigen Gesten beeindrucken lassen. Nichts da!

»Sag deinem Boss«, ich fuchtle mit dem Zeigefinger in der Luft herum. »Also, sag ihm: Danke. Das bedeutet mir viel.« Ich schniefe leise. Sehr nah an Weihnachten gebaut.

»Aye.« Alan grinst schief. »Wird ihm aber nicht gefallen.«

»Warum? Ist er nicht gerne nett?«

Alan lacht nur. Zwinkert mir zu und geht dann, immer noch lachend, den Gang hinunter. »Wird ihm kein bisschen gefallen.«

Ich schubse die Tür hinter ihm zu. »Guck mal, Lady! Wir haben WLAN und einen großen Bildschirm! Weißt du, was das heißt? Wir werden zu Hause anrufen und dann die ganze Nacht Weihnachtsfilme streamen! Jawohl! Wie, du hast nie einen gesehen? Das erklärt den Gesichtsausdruck!« Ich werfe mich aufs Bett und tippe auf dem Bildschirm herum. »In diesem Schloss herrscht zu wenig Weihnachten, kein Wunder, dass ihr alle so schlecht drauf seid. Du wirst sehen, es geht nichts über kitschige Weihnachtsfilme!« Kichernd wähle ich mich ein, um meiner Familie Bescheid zu sagen, dass es mir bestens geht und ich nur in einem Schneesturm feststecke.

Kapitel 10

Grant

Glücklich. Alan hat gesagt, sie war glücklich, mit feuchten Kulleraugen und Rührung in der Stimme. Da ist man einmal ein bisschen freundlich, und dann gleich so etwas. Wir hätten beim Plan bleiben sollen, aber wenn hier jemand mit krankem Vater kommt, also bitte. Das geht so nicht. Das ist unfair gespielt. Habe ich Alan auch gesagt und wurde prompt ausgelacht. Gutes Personal zu finden ist so schwer! Diese Bemerkung fand er ebenfalls überaus lustig. Wenn mein Großvater wüsste, wie wenig Respekt mir entgegengebracht wird, er würde sich stundenlang aufregen.

Sehr gut, ich fand seinen Umgang mit seinen Angestellten immer grauenhaft.

Grauenhaft finde ich auch den Gedanken, dass Tina allein in ihrem Zimmer sitzt und sich ihren hübschen Hintern abfriert. Aber wir haben beschlossen, ihr das komplette Rundum-Sorgenvoll-Programm zu liefern, das so ein Schlossaufenthalt in den Highlands mit sich bringen kann. Somit ist dieser Sturm eine gute Sache. Trotzdem. Gehen wir hier vielleicht zu weit? Ich werfe einen weiteren Scheit Holz ins Feuer, goldene Funken sprühen und es knistert behaglich. Eine Etage weiter unten sitzt Tina und friert.

»Jetzt sag du doch auch mal was!«

Piper liegt in ihrem Hundebett neben dem Kamin und sieht mich so mitleidig an, wie es nur Hunde können. Und ich rede mit ihr, wie Tina mit allem redet. Als wäre, was immer sie anspricht, in der Lage, zu antworten. Merkwürdiger Spleen, aber auch irgendwie … och. Nein. Gar nichts. Nicht niedlich.

»Wir mögen sie nicht«, erkläre ich Piper und ernte ein Stirnrunzeln.

Was für eine ärgerliche Situation. Für uns alle. Jeanne Marie war fast genervter als ich, als ich ihr gesagt habe, dass sie ein zweites grauenhaftes Essen servieren muss. Zum Ausgleich haben wir uns darauf geeinigt, dass die Familie diese Scharade kein weiteres Mal über sich ergehen lässt und sie für sich ein anständiges Mahl kochen werden, während ich mit Ms Singer zu Abend esse. Mir knurrt der Magen beim Gedanken daran, dass Jeanne Marie ein Abendessen für ihre Familie gekocht hat. Bestimmt haben sie Brot gebacken. Und wahrscheinlich gab es dazu eine Käseplatte. Käse!

»Piper, wir gehen!« Ich werfe die Wolldecke zur Seite. »Käse, Piper!« Jetzt versteht auch sie unsere Mission, und gemeinsam rennen wir die Treppe hinab zur Küche.

»Käse!« Ich stoße die Küchentür auf, und etwas kommt mir entgegengesaust. Prallt an meiner Stirn ab und fällt auf meinen Fuß. Eine schöne goldgelbe Ecke Cheddar. Piper kümmert sich darum.

»Forry!« Tina. Sie steht mit vollem Mund vorm Kühlschrank, Hamsterbäckchen, abstehende Locken wie eine verrückte Professorin. Sieht mich erschrocken an. Schluckt mühsam. »Ich dachte, du wärst ein Geist.«

»Einer, der ›Käse‹ ruft?« Ich reibe mir über die Stirn. »Oder mit Käse zu vertreiben ist?«

»Was weiß ich denn, wie eure schottischen Geister drauf sind!« Sie grinst mich angriffslustig an. »So, wie deine Vorfahren auf den Gemälden gucken, traue ich denen alles zu.«

Diese Frau schafft es, mir meine schlechte Laune zu verderben. Auch Piper trabt begeistert zu ihr. Große Liebe für die Käsewerferin.

»Wusstest du«, Tina deutet mit einer Gabel hinter sich in den offenen Kühlschrank, »dass deine Köchin hier Köstlichkeiten hortet?«

»Nein. Ganz neue Information für mich.« Oh. Zu viel Ironie in der Stimme. Noch mal. »Ich meine: Waaas? Wirklich? Wie kann sie es wagen!« Klingt nicht besser.

Tina sieht mich mit zusammengekniffenen Augen an. »Du wusstest das!« Sie spießt mit der Gabel eine Karotte von einem Antipasti-Teller auf. Oh, es gab Vorspeisen! »Was wird hier gespielt?«

Die Karotte wippt vor meinen Augen auf und ab.

»Keine Ahnung, was du meinst. Ist auch Brot da?«

»Das Brot!« Ihre Augen leuchten auf. »Das Brot ist göttlich.«

»Ich weiß.« Ich hole Teller aus dem Schrank, suche nach Wein und Gläsern und finde sogar eine Kerze, die ich mit ihrem Wachs auf einen Unterteller klebe. Dafür wird es an die Ohren geben, aber ich bekomme Kopfschmerzen, wenn das verdammte Licht weiter so flackert. Also schalte ich es gleich ganz aus.

»Was wird das denn?« Tina grinst. Ah, sie zitiert mich, sogar mit der passenden Körperhaltung, verschränkte Arme, und sie brummelt leise. So klinge ich gar nicht.

»Stromsparmaßnahme.« Ich greife an ihr vorbei in den Kühlschrank und hole die Antipasti und Dips heraus. Es gibt sogar kalte Quiche und geräucherten Lachs. »So, und jetzt setzen und essen.«

Tina macht leise »pöh!« und zieht schnippisch eine Augenbraue hoch.

»Och, aye. Wenn du dich bitte setzen möchtest? Ist der Wein genehm?«

Sie lacht und setzt sich mir gegenüber. Der Küchentisch alt und nicht annähernd so übertrieben wie der Tisch in der großen Halle, hier zu essen ist viel gemütlicher. Näher. So nah, dass wir ein paar Mal mit den Fingern aneinanderstoßen, als wir uns von den Tellern zwischen uns bedienen. Jedes Mal verharren unsere Hände kurz in der Luft, ein Aushandeln, wer wo hingreift, und einmal lächeln wir uns sogar an, Fingerspitze an Fingerspitze über einem Käsewürfel. Zum Glück sind Käsewürfel so unromantisch wie … wie Käsewürfel eben, sonst wäre das eine merkwürdige Situation.

»Also«, sagt Tina nach einer Phase der gefräßigen Stille. »Was ist das jetzt hier?«

»Unromantisch!«

»Was?«

»Was?« Was rede ich denn da? Sie fragt sich vermutlich immer noch, warum wir einen Kühlschrank voller fantastischer Lebensmittel haben und unseren

Gästen verbrannte Suppe servieren. Auch darauf will ich nicht antworten. Hätte sie nicht diesen ärgerlichen Job, wäre das alles anders. Aber so: Ablenken. »Wie war das Gespräch mit deiner Familie, hast du sie erreicht?«

Ich erfahre, dass in London alles bestens ist, dass man sie morgen zurückerwartet, dass es ihrem Dad gutgeht und dass die Rentiere schon bereit für ihre Reise nach Schottland sind.

»Die wer sind was?«

»Die Rentiere. Sind reisebereit.« Sie sieht mich an, als hätte ich den Verstand verloren.

Ich! Dabei redet sie von Rentieren, die verreisen wollen!

»Die hattest du bestellt. Die Herde.« Völlige Ratlosigkeit in ihrem Gesicht. Verdammt, sie hat ein hübsches Gesicht. Toller Mund.

»Ich habe Rentiere bestellt?« Selten, wirklich selten, kam ich mir so dämlich vor. Habe ich irgendwann in den letzten Monaten irgendwelchen Papierkram unterschrieben? Im Halbschlaf statt Baumaterialien Rentiere bestellt? Oh, das Internet ist ein gefährlicher Ort. Aber wenn, warum bringt dann eine Gutachterin aus London Rentiere?

Tina starrt mich entgeistert an und zählt auf: »Großer Weihnachtsball mit pompöser Deko und Musik. Schmuck für Dùn Flùraichean und Gartenanlage. Rentiere.«

»Bei wem genau habe ich das bestellt?«

»Bei meinem Dad!« Jetzt wirft sie genervt die Hände in die Luft. »Dem Weihnachtsmann? Klingelt da was?«

Ich will etwas über klingelnde Glöckchen und Schlittenfahrten erwidern, da fällt es mir ein. Der Weihnachtsmann. Der schlechte Orientierungssinn, den sie von ihrem Vater hat. »Santa?« Ich fasse es nicht! »Der Weihnachtsmann, der sich verirrt und meinen Bentley angefahren hat?«

Sie stöhnt genervt und breitet die Hände aus, ein Jetzt-hat-er's mit Nachdruck.

Oh! Jetzt hat er es wirklich. Sie ist nicht *der* Engel aus London! Sie ist rein zufällig eine andere Frau, die wie ein Engel aussieht. Ist die Stadt voll von solchen Frauen? Wo waren die denn alle, als ich das letzte Mal in London war? Was ist da in der Zwischenzeit passiert? »Du bist Santas Tochter?«

»Tina Singer, professionelle Weihnachtsfrau und Teilzeitengel. Das hatten wir alles schon.«

»Nein.« Ich komme aus dem Kopfschütteln gar nicht mehr raus. »Nein, das hatten wir nicht. Mit keinem Wort hast du das erwähnt.«

»Hallo?« Sie lässt die Gabel sinken. »Ich rede über nichts anderes. Ball, Glitzerlichter, Weihnachten.«

»Ah. Ja. Das. Doch, selbstverständlich.« Ich nehme einen großen Schluck Wein. »Jetzt, wo du es sagst. Entschuldige. Ich war gerade …«, furchtbar trottelig, »mit den Gedanken woanders.«

Sie *hat* über Weihnachten geredet. Ich sehe zu Piper, die eindeutig überheblich guckt. Sie hat es gewusst, ja?

Was jetzt? Ich habe folgende Optionen: Zugeben, dass ich ihr nicht zugehört habe, oder, schlimmer noch, dass ich der *Numpty* war, der sie mit aller zur Verfügung stehenden Unfreundlichkeit aus dem Schloss ekeln wollte? Ja, klingt beides nach einem sehr sympathischen Menschen, wirklich, ganz toll gemacht, Grant.

»Ich könnte uns zum Nachtisch ein schnelles *Cranachan* zubereiten.« Ich schiebe meinen Stuhl zurück und öffne den Kühlschrank. Sahne haben wir immer, und ich habe vorhin eine Schale Himbeeren entdeckt, die Jeanne Marie vermutlich für irgendeine ausgefallene Überraschung gekauft hat. Sonst haben wir nie mitten im Winter Himbeeren, gegen die frischen aus unserem Garten kommen sie nicht an und außerdem … Himbeeren im Winter? Nachdenklich wiege ich die Schale in meinen Händen. Jeanne Marie wird mir die Ohren abreißen dafür, aber eine andere Wiedergutmachung fällt mir nicht ein. Funktioniert Dessert als Friedensangebot nicht immer? Ich stelle eine Pfanne auf den Herd, löffle Haferflocken aus dem großen Glas auf der Arbeitsfläche und röste sie vorsichtig an.

Tina mustert mich misstrauisch. »*Cranachan*? Dieses Schichtdessert mit Whisky und Himbeeren?«

»Aye. Und mit schottischem Heidehonig und Haferflocken.«

Jetzt leuchten ihre Augen. »Kann ich helfen?«

Prompt fühle ich mich ein bisschen schlechter, weil sie so unbeirrt freundlich zu mir ist und das anscheinend ohne Hintergedanken. Schließlich will sie gar nicht mein Schloss auf den Kopf stellen. Ich schalte den Herd aus und lasse die Haferflocken zum Abkühlen auf einen Teller rieseln. »Du könntest die Sahne schlagen, während ich den Whisky aus dem Kaminzimmer hole.«

Ihre Augenbrauen zucken kurz nach oben. »Kaminzimmer? Es gibt ein warmes Zimmer in diesem Schloss?«

»Nachtisch im Kaminzimmer. Aye.« Ich grinse.

KAPITEL 11

Tina

Kaminzimmer, das klingt schon schnuckelig, aber so schön hatte ich es mir nicht vorgestellt. Die Wände sind in einem warmen, dunklen Rotton gehalten, weiche Teppiche liegen vor großen Sofas und im Kamin knistert ein behagliches Feuer.

Erst der essbare Luxus in der Küche, jetzt das? »Ihr mögt eure Gäste nicht besonders, oder?«

Grant brummt unbestimmt.

»Oh, oder ist das so eine Art Test? Wer zwei Tage durchhält, bekommt Dessert am Kamin? Ich habe also bestanden?«

Grant atmet geräuschvoll aus, was vermutlich Ja heißt. Ich setze mich auf die Couch direkt vor dem Kamin, halte die Füße Richtung Feuer und tauche meinen Löffel in das *Cranachan.*

Heute Abend ist Grant wie ausgewechselt, mit ihm in der Küche zu hantieren war ausgesprochen nett. Er kommuniziert zwar immer noch überwiegend brummelnd, aber etwas ist mit seiner Ausstrahlung passiert. Er wirkt wärmer. Als hätte er auch ein inneres kleines Kaminzimmer geöffnet, oder so ähnlich. Was weiß ich denn, ich bin keine Poetin. Aber ich merke, dass etwas anders ist. Er lächelt und er sieht mir in die Augen, wenn er spricht. Nicht mehr, als wollte er mich fressen, sondern als wolle er … So richtig kann ich es nicht deuten, aber es fühlt sich definitiv gut an, wie er so guckt, wenn er so guckt. Stumm löffeln wir unser Dessert aus den Gläsern. Die säuerlichen Himbeeren zu der Sahne, der köstliche Honig und dazu ein Hauch Whisky – grandios. Draußen wütet der Sturm, wir haben den Sommer im Glas.

»Ich muss mich entschuldigen«, sagt Grant, tut es aber nicht. »Wir hatten ziemlich viel Aufregung in den letzten Wochen.«

»Wegen der Sache mit dem Golf-Hotel?«

Zustimmendes Brummen.

»Ich will mich nicht einmischen«, ha! Natürlich will ich!, »aber meinst du, das ist wirklich eine gute Idee? Alles modern und neu, geht dadurch nicht der Charme von Dùn Flùraichean verloren?«

Grant lacht laut auf, und ich quieke vor Schreck.

»Sorry«, murmelt er. »Aus der Übung. Mit dem Lachen, mein ich. Ja, ich halte es für eine extrem dumme Idee.«

»Aber warum wollt ihr es dann?« Oh. Könnte finanzieller Druck sein, könnte wirklich aus der Not heraus sein. »Entschuldige, das geht mich nichts an.«

»Mh. War nicht meine Idee, es gibt da ein paar Probleme mit dem Testament meines Vaters.«

»Oh.« Ich greife fast nach seiner Hand, entscheide mich dann aber dafür, mich lieber weiter am Dessert festzuhalten. »Mein Beileid.«

Er stellt sein leeres Dessertglas auf den Tisch neben der Couch und winkt ab. »Ist schon eine Weile her. Mein Dad mochte Dùn Flùraichean nicht besonders. Hat auch keine Bälle veranstaltet, das sollte der erste werden seit dem Tod meines Großvaters. Für die Menschen der umliegenden Dörfer war es immer Tradition, den vierundzwanzigsten Dezember auf Dùn Flùraichean zu feiern. Ich wollte diese Tradition wieder aufleben lassen, es ist gut, wenn man etwas tut, das die Menschen verbindet. Gerade in dieser dunklen Zeit. Zu Weihnachten müssen die Menschen beisammen sein.«

Jetzt sieht Grant der Grimmige verträumt in die Flammen, was ausgesprochen gut aussieht. Das Feuer wirft tanzende Schatten auf sein Gesicht und betont die markanten Linien. Genervt schließe ich die Augen. Nein, nicht mit mir. Er war furchtbar unfreundlich, und nur, weil er jetzt mit Bällen und verstorbenen Vorfahren um die Ecke kommt, macht ihn das nicht zu einem netten Kerl. *Aber guck mal, wie nett er jetzt lächelt,* flüstert der Teil meines Unterbewusstseins, der offensichtlich zu oft mit Beth geredet hat. Ich kann mich an mehr als einen Abend erinnern, an dem sie schluchzend vor mir saß. »Ja, er ist ein Arsch, aber er kann so süüüß sein.«

Nichts da. Das optimale Arschigkeits-Süß-Verhältnis liegt für mich bei zwanzig zu achtzig. Wer zu achtzig Prozent nett ist, darf sich zu zwanzig Prozent aufführen wie ein Bär kurz nach dem Winterschlaf. Zumindest denke ich, dass es kaum ein schlechter gelauntes Wesen als einen Bären nach dem Winterschlaf geben kann. Hungrig, frierend und garantiert morgenmuffelig. Ich habe noch von keinem Pelztier gehört, das pfeifend und singend aus seiner Höhle getanzt wäre, um den Frühling zu begrüßen. Ich würde das nicht tun, wenn ich Monate im Kalten geschlafen hätte. Ohne Kamin, ohne Himbeeren. Oder wärmenden Whisky.

»Eigentlich hatte ich ganz andere Pläne.«

»Ach ja?« Ich drücke ihm mein leeres Glas in die Hand und rutsche von der Couch auf den weichen Teppich davor. Mehr Wärme, bitte. Wenn das mein Schloss wäre, hätte ich schon längst für eine vernünftige, nachhaltige Wärmequelle gesorgt, statt auf Holz zu setzen (auch wenn es wirklich wahnsinnig romantisch ist und herrlich wärmt). Ich hätte vermutlich auch dafür gesorgt, dass so ein abgelegener Ort nicht von der Stromversorgung abhängig ist. Vor allem nicht, wenn es hier solche Stürme gibt.

»Hotel schon«, sagt Grant über mir auf der Couch. Er lässt sich umständlich neben mich rutschen und grinst mir entschuldigend zu. »Ist doch blöd, wenn ich da oben sitze und zu dir runtergucke.«

Ich grinse zurück, und einen Augenblick lang sehen wir uns nur an und lächeln.

»Wie auch immer«, Grant wendet sich zum Feuer. »Gäste haben ist toll, aber ich habe nicht vor, hier irgendwelche Bademäntel auszugeben und fliegende Golfgeschosse im Garten zu tolerieren. Ich will nicht, dass hier irgendwer Unmengen von Energie für unnützen Kram verballert. Nachhaltig, weißt du, das wäre mein Traum.«

Huch. Also sind wir uns gar nicht so unähnlich?

»Früher war das hier alles Wald, wusstest du das? Schottland hatte Waldflächen, riesige Waldflächen.«

»Und Rentiere.«

»Bitte?«

»Vor zehntausend Jahren. Oder so.«

»Ach. Also etwa um die gleiche Zeit, als es hier überall Wald gab. Vielleicht kommen sie ja mit dem Wald zurück?« Noch ein Lächeln. »Auf jeden Fall hat die schottische Regierung vor, innerhalb der nächsten zehn Jahre wieder ein Fünftel des Landes mit Wald zu versehen. Aufforstung mit ursprünglichen Pflanzen, das will ich auch. *Rewilding*.«

Kurz denke ich an Waldbaden, dann nicke ich begeistert. Was für eine schöne Idee. Es gibt genug Gartenanlagen, die mit dem Lineal angelegt wurden. Wilde Natur um dieses raue Schloss, das wäre wunderschön.

»Das ist es auch, was Alan und Paul eigentlich machen wollen.« Grant ist wie ausgewechselt, wenn er über seine Pläne spricht. Ihre Pläne, denn die Mackenzies sind mit eingebunden. Jeanne Marie wollte seit jeher eine große Küche und für viele Gäste kochen, sie planen schon lange zusammen die Renovierung von Dùn Flùraichean. Er erzählt, welche Umbauten er noch vorhat, erzählt von Solarstrom und fragt nach meiner Meinung. Wir diskutieren Lösungen, malen Pläne in die Fasern des Teppichs. Ich erzähle von zu Hause, von unserem kleinen Unternehmen.

»*Christmas Crew Ltd.*?« Grant lacht. Ein echtes, warmes Lachen. »Das klingt fantastisch. Ihr erfüllt Weihnachtswünsche und habt Rentiere? In London?«

»Ein ganzes Rudel.«

»Wow«, sagt er leise. »Wer hätte das gedacht?«

Wo war dieser Mann die letzten zweiundvierzig Stunden? Das Kaminfeuer brennt langsam herunter, wir trinken ausgezeichneten Whisky und reden. Es ist, als hätte es die letzten zwei Tage nicht gegeben, als würden wir wieder bei Hallo anfangen, alles auf Anfang. Er verhält sich wie eine attraktive Light Version von Dr. Jekyll und Mr. Hyde. Sexy Gniesgnaddel und noch sexier freundlicher Gesprächspartner. Vielleicht liegt es am Whisky, vielleicht hat er bei seinem letzten Rennen schlimmer als gedacht was gegen den Kopf bekommen.

»Nach dem Unfall damals«, Grant wird wieder leiser, »haben sie mich aus dem Wagen gezerrt, mich ins Gras gelegt. Um mich das Chaos und über mir die Bäume, und ich dachte die ganze Zeit, die sollen gefälligst das verdammte Rennen anhalten, damit ich die Vögel und das Blätterrauschen hören kann. Da habe ich mich gefragt, was mache ich eigentlich für einen Unsinn mit meinem Leben. Das war der Moment, in dem ich beschlossen habe, etwas zu ändern.«

»Und dann hast du alles hingeworfen und bist Schlossherr geworden?« Ich grinse ihn an. »Eine Karriereoption, die auch nicht allen offensteht. Wie unfair!«

»Das ist es.« Er nickt bedächtig. »Sehr unfair. Und nein, ich bin nicht direkt hierhergekommen. Ich bin ein paar Jahre plan- und ziellos umhergereist.« Er zuckt mit den Schultern. »Erst als Dad starb, bin ich wieder zurückgekommen. Ich wollte nur eben eine Tür reparieren, und plötzlich hatte ich eine Etage renoviert …« Er lächelt. »Fünf Jahre später bastle ich immer noch, und es macht mich jeden Tag glücklich.«

»Das kenne ich. Ich bastel mich auch oft hoffnungslos fest. Zu Hause habe ich unsere Schlitten alle umgerüstet, sodass sie elektrisch fahren, und konnte gar nicht mehr aufhören, also habe ich auch meinen Pick-up umgerüstet.«

»Das kannst du?«

»Ich habe mir tagelang Youtube-Videos angesehen und mich dann an die Arbeit gemacht.«

Er lehnt sich zu mir und raunt mir ins Ohr: »Du bist absolut faszinierend.«

Jetzt hat er wieder diesen Blick, als ob er mich fressen wollte, aber die *andere* Version davon. Und die gefällt mir ausgesprochen gut. Es kommt zu einem kleinen inneren Handgemenge, als mein Verstand sich mit dem Teil von mir anlegt, der ihn wirklich, wirklich gern küssen würde. Bevor ich mich fragen kann, ob ich das alles völlig falsch interpretiere und ob der Whisky daran schuld sein könnte, dass ich einen Kuss für die klügste und einzig mögliche Entscheidung halte, legt er mir die Hand an die Wange. Und küsst mich. Wäre das auch geklärt.

Grant

Für einen Moment frage ich mich, was das ist, das zwischen uns. Aber dann wird der Sturm zu laut, zu wild, der vorm Schloss und der hier drinnen vorm Kamin, und ich denke, dass man manchmal erst hinterher weiß, was es war. Das ist einer dieser Momente, in denen Denken dem Fühlen weichen muss.

Wie unfassbar ist diese Frau, wie verrückt ist das Schicksal, sie in dieses Schloss zu schicken. Sie stöhnt leise an meinem Ohr, und kein Unwetter kann wilder, kann lauter sein in meinen Ohren als dieses wundervolle Geräusch.

Kapitel 12

Tina

»Natürlich bin ich nervös, nett, dass du fragst.«

»In vierhundert Metern biegen Sie rechts ab.«

Dabei brauche ich gar nicht nervös zu sein. Wir haben uns jeden Tag geschrieben. »Grant ist beim Nachrichten-Schreiben die gleiche Quasselstrippe wie im echten Leben, wusstest du das?«

Es ist, wie in Morsecode zu flirten, Grant nimmt das *Kurz* in Kurznachrichten überaus ernst. Und trotzdem, jedes Mal, wenn mein Handy anzeigt, dass Grant geschrieben hat, explodiert unter meinen Rippen ein kleines Feuerwerk und ich spüre wieder seine Hände auf meiner Haut, seinen Mund an meinem Hals. Ich bekomme eine Gänsehaut und ein Lächeln, das nicht mehr weggeht. Diese Nacht!

»Mmm«, ich grinse genießerisch und halte das Lenkrad ein bisschen fester. »Weißt du, was er gesagt hat? Dass er Dad nie verklagen wollte.«

»Dummes Missverständnis«, hat er in meine Haare geflüstert.

Aber wenn es um Weihnachten geht, versteht eine Singer keinen Spaß, ein Versprechen ist ein Versprechen, wo kommen wir denn da hin, wenn ausgerechnet wir Weihnachtsversprechen brechen?

»Außerdem freue ich mich auf den Ball.«

»Biegen Sie jetzt rechts ab.«

»Hm. Stimmt. So direkt eingeladen hat er mich nicht«, ich trommle aufs Lenkrad. Aber nach der Nacht fühle ich mich eingeladen. Nicht einmal der nächste Morgen war merkwürdig oder distanziert, wir sind aufgewacht in einem Berg aus Decken und Kissen vor dem erkalteten Kamin, und es war, als hätten wir nur eine Pause im Gespräch, im Küssen gemacht. Nicht dieses merkwürdige Morgen-danach-Gefühl, mit dem man aufwacht und sich fragt, was genau an »Ich muss ihn sofort küssen« eine gute Idee war. Grant hat mich an der Hand genommen und ist mit mir in die Küche gegangen, hat Pfannkuchen gebraten und Tee gekocht, seine Nummer in meinem Handy gespeichert und zum Abschied »Bis nächste Woche« gesagt. Und mich geküsst. Als wäre es das Selbstverständlichste der Welt. Wenn das keine Einladung ist! »Auf jeden Fall habe ich das rote Kleid dabei.«

Es ist die Abendversion meines Mrs-Claus-Kleides. Da ich selten privat auf Bälle gehe – nie, ich gehe nie privat auf Bälle! – habe ich kein anderes.

Ich blinke und kontrolliere im Rückspiegel, ob Milosz mir auch folgt. Er fährt den Anhänger mit den Rentieren, ich habe den Weihnachtsschmuck und die Tannenbäumchen geladen. Wenn, dann machen wir das auch richtig, schließlich ist jede Veranstaltung, die wir organisieren, ein Aushängeschild für die *Christmas Crew Ltd.* Und da ist es völlig egal, ob wir ein Luxushotel in

London oder eine Hütte am Polarkreis schmücken. Weihnachten ist eine überaus ernste fröhliche Angelegenheit. Zum Glück sind unsere Leute flexibel, allen voran Milosz. Er arbeitet seit ich denken kann für uns, ist mal Weihnachtsmann, mal Handwerker. Er gehört zur Familie, hat eine grundsätzlich stoische und leicht gelangweilte Ausstrahlung. Sein üblicher Kommentar zu den meisten Dingen ist ein Schulterzucken und ein leises »Neh«. Irgendwann möchte ich so tiefenentspannt sein wie er, nichts bringt ihn aus der Ruhe.

Milosz ist noch da, genau wie der Wagen, der uns seit London immer mal wieder überholt hat und dann zurückgefallen ist, um uns später wieder zu überholen. Als wäre der Fahrerin alle dreißig Meilen wieder eingefallen, dass sie schnell irgendwo hinwill. Milosz und ich fahren so gemächlich wie möglich, damit unsere drei Rentierdamen und ihr männlicher Begleiter Snowflake nicht allzu sehr durchgeschüttelt werden. Bis vor einer Stunde war sogar angenehmes Wetter, jetzt allerdings schneit es, dicke Flocken klatschen auf die Frontscheibe. Trotzdem sind wir gut in der Zeit. Ich hatte angekündigt, in einer Stunde anzukommen, aber jetzt werden wir schon in wenigen Minuten ankommen. Ich grinse schon wieder albern vor mich hin. Gleich sehen wir uns wieder!

»Ach, guck. Jetzt biegt sie hier auch ab.« Das andere Londoner Auto hat es geschafft, sich vor uns zu schieben. Jetzt bin ich neugierig, was will sie wohl hier?

Ich beobachte aus dem Augenwinkel, wie Ms Stippstopp knirschend direkt vor dem Eingang zum Schloss bremst, die Tür aufwirft und entschlossen die Treppe hinaufstöckelt.

Sie ist eine kleine, rundliche Person mit kinnlangen roten Haaren und roten Wangen. Und hoffnungslos unpraktischem Outfit. Ein weißer Mantel, der wie Flügel hinter ihr herweht, und sie trägt Stiefelchen, die bis zu den Knöcheln gehen und deren Absätze sie wie kleine Eispickel in den frostigen Untergrund rammt.

»Siehst du, Navi? Sie hat Spikes. Kluge Frau.« Ich parke wieder am Rand des Vorhofes, schnalle mich ab, winke Milosz auf seinen Platz und erkläre ihm den Weg zu den Ställen. »Ich sage Bescheid, dass wir da sind, und du bringst die Süßen schon mal zum Futter, okay?«

»m'kay, Boss«, Milosz tippt sich an die Stirn.

Ein wenig habe ich ein schlechtes Gewissen, dass ich die Hälfte der Herde quer durch England habe fahren lassen, aber ich glaube, dass Elsa, Perdita, Blanka und Snowflake sich hier wohlfühlen werden. Immerhin ist es klirrend kalt, und es gibt jede Menge Wiesen, die sie vor ihrem Auftritt übermorgen erkunden können. Wenn ich Ren wäre, würde ich hier leben wollen. Nicht nur dann. Die Landschaft, die Menschen, die Garage! Grant. Oh. Ich bleibe unvermittelt stehen, einen Fuß in der Luft, erschrocken über den Gedanken. Kaminnächte und Basteltage, leise Gespräche und schottische Himbeeren im Sommer, ein nicht ganz so kratziger Mann mit einem herrlich mürrischen Lächeln, der mir morgens Pfannkuchen und Tee serviert … Eine Schneeflocke platscht nass und kalt auf meine Nasenspitze, und ich komme wieder zu mir. Sekundentagtraum. Es waren eine Nacht und ein paar Nachrichten, kein Grund, dass meine Fantasie schon einmal drei Jahreszeiten vorausgaloppiert. Trotzdem, ich freue mich, Grant wiederzusehen, freue mich auf eine Umarmung, auf seine Wärme.

»Hallo?« Ich schiebe die schwere Eingangstür auf, Déjà-vu, aber dieses Mal ist die Halle nicht verlassen.

Nur werde ich wie letztes Mal nicht erwartet, ich scheine in ein wichtiges Gespräch zu platzen.

Am Fuß der Treppe stehen Grant, ein mir unbekannter Mann im Anzug und die Frau, die ein Rennen gegen sich selbst gefahren ist. Ich suche Grants Blick, doch als er mich entdeckt, weiten sich seine Augen nur kurz, als hätte er sich erschreckt. Ich winke, sein Gesicht verfinstert sich. Er freut sich nicht, mich zu sehen.

Grant

Eine halbe Stunde früher, und ich hätte sie warnen können. Oder später. Aber nein, Grants persönlicher Chaosbeauftragter lässt Tina gleichzeitig mit Angelina Norton, der *echten* Immobiliengutachterin, hier ankommen.

Das ist doch ein schlechter Witz. Neben mir konzentriert Harold sich auf einen ernsten bis unfreundlichen Gesichtsausdruck, nichts, was mein rundgesichtiger Freund gut beherrscht. Keine Ahnung, wie er sich mit dieser jungenhaften Freundlichkeit vor

Gericht durchsetzen kann. Mitleid, habe ich immer vermutet, aber Harold sagt, unterschätzt zu werden ist nicht das Schlechteste, was einem Anwalt passieren kann.

Eine Stunde vor Ms Nortons Ankunft kam Harold wie ein aufgeschrecktes Huhn in die Halle gerannt, kreischte irgendetwas von moralischer und juristischer Unterstützung und dass er es gerade so geschafft hätte, vor der Gutachterin hier zu sein. »Alle auf Position!«, rief er atemlos, »Sie ist direkt hinter mir! Das ist keine Übung!« Nachdem wir ihn umfassend ausgelacht hatten, haben wir uns wieder an den ursprünglichen Plan gehalten: Lichter aus, grimmig gucken und warten. Hamish ist auf seinem Platz, um eventuell anfallendes Gepäck sehr engagiert nicht zu tragen, Jeanne Marie bereitet sich auf ein weiteres Dinner des Grauens vor, Paul und Alan sind wieder bei dem Sojasoßen-Tee-Plan angekommen. Mir egal, Hauptsache es wirkt.

»Jetzt keinen Fehler machen«, zischte er mir zu, als Angelina Norton durch die Halle auf uns zumarschiert kam.

Außerdem hat er etwas von Engeln und »niedlich, aber gefährlich« geflüstert, und jetzt verstehe ich, was er meinte. Ms Norton hat ein Gesicht wie die Engelchen auf den alten Gemälden: rote Haare, volle Wangen und ein Mund, der aussieht, als wolle sie jeden Moment O sagen. Süß eben. Aber sie hat einen Blick wie ein Racheengel auf Mission.

»Verschwenden wir keine Zeit.« Ms Norton zückt einen Notizblock und einen Kugelschreiber mit dem gleichen Blick, mit dem mein Arzt sich Gummihandschuhe überzieht. Sie klackert ein paar Mal damit und sieht mich streng an.

Das wird jetzt kurz unangenehm, denke ich.

»Guten Tag«, Tina schiebt sich an ihr vorbei und sieht mich erwartungsvoll an, Sternchenaugen, Goldlocken und irgendwo tief drin dieses raue Lachen. Gerade ist hier aber gar nichts komisch. Außer meinen Versuchen, Tina mit einer ausgeklügelten Blick-Augenbrauenzucken-Kopfwackeln-Choreografie zu erklären, dass wir uns in einer *Situation* befinden.

»Grant?« Stirnrunzeln, kein Verständnis. Wir sind leider Lichtjahre davon entfernt, uns ohne Worte verständigen zu können. Schade. Irgendwann vielleicht.

»Und Sie sind?« Ms Norton mustert Tina. »Gehören Sie zu den …«, sie blättert in ihrem Notizblock, »›zu übernehmenden Festangestellten des Hauses‹?«

»Ich? Ich bin Tina Singer, guten Tag, ich bin hier für …«, sie sieht zu mir, ich bleibe ausdruckslos, sie presst kurz die Lippen zusammen. »Für die Weihnachtsdeko.«

»Weihnachtsdekorationen.« Ms Norton macht eine Notiz. »Sehr gut, sehr engagiert. Gefällt mir. Das kann man werbewirksam umsetzen. Sind Festlichkeiten geplant?«

Neben mir senkt Harold den Kopf und schüttelt ihn fast unmerklich.

»Nein«, sage ich.

»Nicht?«, fragen Tina und Ms Norton gleichzeitig.

Nur macht die eine sich Notizen, während die andere mich entgeistert ansieht.

»Aber der Ball …« Tina hebt fassungslos die Hände. »Du hast alle aus den umliegenden Dörfern eingeladen …«

Harold saugt zischend Luft ein. Nein, sagt sein Blick.

»Nein«, sage ich.

»Wie ›Nein‹? Was heißt denn hier nein? Ich habe da draußen einen ganzen Truck voller Dekoration und vier Rentiere, die über den Rasen rennen!«

»Rentiere?« Ms Norton schnalzt leise mit der Zunge. »Auf dem Golfrasen?«

»Missverständnis«, murmle ich. »Ich habe alle Gäste wieder ausgeladen.«

»Du hast bitte was?«

Harold räuspert sich. »Wenn ich darf?« Er stellt sich vor mich, als müsste er mich verteidigen. »Mr McBalfour trifft seit seinem Unfall«, er deutet diskret an seine Schläfe, »bisweilen Entscheidungen, die nicht von Dauer sind. Ich als sein Anwalt …«

»Was?!« In Tinas blauen Augen blitzt eiskalte Wut. »Du kommst mir mit deinem Anwalt? Ernsthaft?«

»Er hilft mir bei … Fehlentscheidungen«, sage ich und lege ganze Bände von Erklärungen in meinen Blick. Keine davon kommt bei ihr an.

»Du!« Sie ballt die Fäuste. »Und was war das dann vor dem Kamin? Auch eine Fehlentscheidung?«

Och. Nicht doch.

Die Augenbrauen von Ms Norton wandern unter ihren Pony. Im Grunde die perfekte Szene, wenn ich sie davon überzeugen will, dass man mich nicht in die Nähe von Gästen lassen darf.

»Man könnte sagen«, erklärt Harold, »dass Mr McBalfour sehr wankelmütig ist.«

Ich stöhne leise. Ja, das hatten wir so vereinbart, weil es das Verhalten ist, an das meine entzückende Stiefmutter Ava sich erinnern kann. Nach dem Unfall wusste ich lange Zeit nicht, was ich mit mir anfangen sollte. Ich war wütend, dass ich nicht weiterfahren konnte, wütend, dass ich keine anderen Ziele gehabt hatte, und wusste nicht, was ich mit der ganzen Wut und meiner Planlosigkeit anfangen sollte. Aber inzwischen weiß ich, was ich will. Ich will dieses Schloss behalten und ich will, dass Tina mir eine Chance gibt. Nur sieht es aus, als wolle sie mir ganz etwas anderes geben.

»Wankelmütig!«, ruft Tina. »Das erklärt natürlich einiges! Golfclub und im nächsten Moment lieber Fledermäuse retten und Wälder pflanzen. Sicher doch!«

»Fledermäuse?« Ms Norton kneift die Augen zusammen. »Hier?«

»Ups.« Tinas Gesichtsausdruck wechselt zwischen triumphierend und entschuldigend. Sie hat trotz aller Wut ein schlechtes Gewissen?

Ms Norton klickert mit ihrem Kugelschreiber. »Weiß der *Bat Conservation Trust* davon? Das ist nicht gut. Gefällt mir nicht. Das könnte den Ausbau verhindern.«

»Und wissen Sie was?« Tina fuchtelt mit dem Zeigefinger vor Ms Nortons kleiner Nase herum. »Die Gäste bekommen hier grauenhaftes Essen serviert, die Angestellten aber haben einen Kühlschrank voller Köstlichkeiten!«

Tina tobt jetzt vor feurig roter Wut, das schlechte Gewissen hat sich in Rauch aufgelöst. Beim Essen versteht sie keinerlei Spaß, das ist mir schon aufgefallen.

Sie stemmt die Hände in die Hüften. »Was sagt man dazu, hm? Wenn ich Sie wäre, würde ich hier keine Nacht bleiben wollen. Aber bitte, wenn Sie unbedingt wollen, vergessen Sie Ihr Werkzeug nicht. Irgendwo klappert nämlich dauernd etwas, und es ist mistig kalt hier!«

Tina wirbelt herum und ruft auf dem Weg nach draußen: »Außer vor dem verdammten Kamin!«

Harolds Gesicht ist reglos, aber ich kenne ihn gut genug, um zu wissen, dass er innerlich jubelt. Tina hat ganze Arbeit geleistet. Wir leider auch.

KAPITEL 13

Tina

»Den Tieren geht's gut.« Milosz sitzt mir gegenüber in einer Ecke des Pubs und dreht sein Bierglas in den Händen. »Gehst du zurück ins Schloss?«

»Nein.«

»Ist nett da.« Milosz zuckt mit den Schultern. »Und morgen ist Heiligabend.« Er ist auf Dùn Flùraichean geblieben, um sich um Snowflake und die Mädels zu kümmern. Mich hätten keine zehn Rentiere dort gehalten.

»Hier ist es auch sehr nett.« Seit gestern bin ich in einem der Gästezimmer des Pubs, und es wirklich sehr schön. Wäre ich nicht so wütend, könnte ich es sogar genießen. Das Essen ist gut, das Zimmer ist warm, niemand knurrt und brummelt oder ist auch nur ansatzweise sexy. Da ich die Weihnachtsdekoration im Wagen hatte, die für das Schloss geplant war, habe ich mit der Pubbesitzerin Maisie den Gastraum geschmückt. Wir haben viel gelacht, und ihr Pub sieht jetzt aus wie der Churchill Arms Pub in Kensington, der nicht zu Unrecht Londons weihnachtlichster Pub genannt wird. Es ist wunderschön hier. Trotzdem wäre ich jetzt nirgendwo lieber als zu Hause, weit weg von Grant und meinen Gefühlen. Der einzige Grund, warum ich nicht längst wieder unterwegs nach London bin, ist, dass es schneit. Durchgehend. Schnee, die ganze Zeit, überall. Undurchdringliche weiße Flockenwände. Milosz und ich haben uns darauf geeinigt, unserer kleinen Herde das nicht anzutun. Die Rückfahrt bei dem Wetter würde übermäßig lange dauern, und die Rentiere direkt nach der Hinreise wieder einzufangen, wo sie so viel Spaß auf dem Grundstück haben – das wäre unfair. Alles ist unfair.

»Grant fragt nach dir.«

»Schön. Sag ihm …« Ich ziehe mit dem Finger die Maserung des dunklen Holztisches nach.

Was soll er ihm sagen, das ich nicht schon gesagt hätte? Grant hat mir Nachrichten geschickt. »Können wir reden?«, und ich habe geantwortet: »Ich kann, kannst du das auch?« Er hätte mir alles erklären können, aber nein, er muss irgendein Spiel spielen, das nicht etwa er mir erklärt hat, sondern Lucy, die an meinem Auto auf mich wartete, um mich nach einem weiteren Märchen zu fragen.

»Sorry, Lucy, ich bin gerade zu …«, fuchsteufelswild, »traurig, um Geschichten zu erzählen.«

»Oh, das kenne ich.« Ernste Kinderaugen, voller Mitgefühl. »Ich bin auch manchmal traurig, aber dann hilft es mir immer, ein Märchen zu hören. Soll ich dir eins erzählen? Das ist auch wirklich so passiert.«

Dazu konnte ich nicht Nein sagen, also schlenderten wir, Hand in Hand, zu den Rentieren, und sie erzählte mir eine etwas umständliche Geschichte, mit viel

Luftholen und voller Konzentration. Sie erzählte von einer bösen Stiefmutter, einem Gutachterengel, einer Fee, die alle in unfreundliche Menschen verwandelt und einem lieben Schlossherrn, der selten lacht und wenig spricht, aber immer lieb ist. Außer, wenn die böse Fee ihn verzaubert. Es kamen auch eine kleine mutige Prinzessin und ein niedlicher Drache namens Piper vor, aber ich glaube, das war eine andere Geschichte, die sich in dieser verirrt hatte.

»Ich habe nur kein Ende dafür«, hat sie gesagt. »Man braucht doch ein gutes Ende für ein Märchen, oder?«

Nicht alle Märchen enden gut.

Ich ziehe weitere Kreise durch die Holzmaserung des Tisches. Was mich richtig ärgert, also richtig furchtbar nervt, ist, dass ich Grant nicht nur körperlich anziehend finde. Nein, es ist viel schlimmer. Mir ist aufgefallen, dass ich ihn mag. Übertrieben gern habe. Im Ganzen, samt knurrigem Grinsen und finsterem Blick. Ich mag, wie er spricht, was er erzählt, wie er denkt. Er ist exzentrisch und hat das schönste R der Welt. Und ich mag, wie er riecht und wie er sich anfühlt. Nach allem, was ich mir seit gestern zusammengereimt habe, ist der Grant, der mit mir vorm Kamin saß, der echte Mann hinter der rauen Show. Ah! Ist das ärgerlich. Ich klinge wie die hoffnungslos verliebte Beth, die mir von rauen Schalen und weichen Kernen erzählt und stattdessen nur Kerle mit weichem Keks und schlechten Manieren erwischt. Wäre Grant einer von den Guten, wäre er längst hier, um mir alles selbst zu erklären, oder? Ich muss mir das Gernmögen dringend wieder abgewöhnen.

»Tina?« Milosz winkt vor meinem Gesicht. »Was soll ich ihm sagen?«

Ich schüttle den Kopf. »Nichts. Das Wetter soll am Fünfundzwanzigsten besser werden. Dann fahren wir zurück und können richtig Weihnachten feiern.«

Milosz nickt. »Bis dahin willst du hier herumsitzen?«

»Yep.«

»Was ist mit morgen?«

»Werde ich auch hier herumsitzen.«

»Es ist Heiligabend.«

»Dann sitze ich halt weihnachtlich herum. Du kannst mir ja Gesellschaft leisten.«

Milosz zuckt mit den Schultern, ich zucke mit den Schultern.

Es ist der vierundzwanzigste Dezember und ich sitze weihnachtlich herum. Allein. Mein Bruder schickt mir Bilder von der diesjährigen Weihnachtsfeier, die wie immer im Lilac-Swan-Hotel stattfindet.

»Extrem schön«, schreibe ich zurück und habe extrem schlechte Laune. Weihnachtsabend. Das ist mein Fest! Einer der schönsten Abende im Jahr, und ich sitze in den Highlands fest. Die Einzigen, die sich vermutlich freuen, sind Snowflake, Elsa und Co, weil sie durch den Schnee rennen können, wie sie es eigentlich sollten.

Sogar Milosz scheint sich zu freuen. Heute Vormittag schrieb er mir, dass er auf dem Schloss bleibe, weil es dort viel zu tun und zu basteln gebe. Zu tun? Zu basteln? Ach ja? Was, außer Rentiere füttern, gibt es denn zu tun?

Ich habe nicht nachgefragt. Ich weiß, dass Milosz weiß, dass mich »viel zu tun« immer neugierig macht. Er kennt mich im Blaumann, mit Schraubenzieher in der Hand, er weiß, dass ich für mein Leben gern an Dingen herumbastle, und sicher hat er damit gerechnet, dass ich mich direkt ins Auto setze und den Berg hinauffahre, um ihm zu helfen. Nicht mit mir. Ich habe auch »zu tun«. Weihnachtsfilme gucken. Auf meinem winzigen

Handydisplay, auf meinem Bett sitzend und Tee trinkend.

Die Bettdecke macht leise Fuff-Geräusche, wenn ich mich bewege. Dass sie überhaupt Luft hat, um Geräusche von sich zu geben, wundert mich, denn es fühlt sich an, als hätte jemand versucht, den Bezug so voller Federn zu pumpen, wie es nur geht. Darunter schläft es sich wie unter einem sehr weichen Berg. Und jetzt sitze ich allein auf Mont Fuff und bemitleide mich ausgiebig. Außer mir ist niemand im Pub, und ich war nie so allein wie an diesem Weihnachtsabend.

»Niemand«, erkläre ich dem Kissen, das ich im Arm halte, »hat es so schwer wie ich gerade. Nur, dass du das weißt. Ich könnte in London sein, Geschichten vorlesen und Geschenke verteilen, aber nein, ich sitze auf einer Decke, die ihre eigentliche Bestimmung als Hüpfburg verfehlt hat, und sehe mir an, wie ausgedachte Leute in ausgedachten Geschichten ihr Weihnachtsglück finden! Ja, ich tue mir auch sehr leid, vielen Dank!«

Alles furchtbar. Noch furchtbarer, dass draußen plötzlich eine blecherne Hupe ertönt, ein Geräusch, als hätte ein Esel einen Wutanfall. Das reißt einen doch aus der schönen Weihnachtsgeschichte!

Schon wieder dröhnt das Iiiek-öööp der Hupe durch die Winternacht. Ich sollte nachsehen, vielleicht hat jemand eine Panne, ausgerechnet heute Abend. Auf dem Weg nach Hause auf der Landstraße vor dem Pub liegen geblieben. Dann hätte es tatsächlich jemand schlechter als ich an diesem Abend. Ich halte den Film an, gehe zum Fenster und traue meinen Augen kaum.

Dort unten, mitten im Schneetreiben, steht der kleine elektrische Milchwagen. Im Weihnachts-Outfit. Lichterketten funkeln am Dach der Ladefläche, kleine Tannenzweige sind an allen Ecken befestigt. Neben dem Wagen steht eine Figur, die sogar in der Dunkelheit unverkennbar ist. Groß, breitschultrig, misslaunig. Grant. Er winkt knapp zu meinem Fenster hinauf.

Augenblicklich weiß ich, was zu tun ist: Fenster aufreißen, Kissen fester an mich pressen. »Was?!«, brüllen.

Ich finde, das ist ein ziemlich großes Entgegenkommen. Grant sieht das offenbar anders. Er lässt kurz den Kopf hängen.

»Frohe Weihnachten!« Grant richtet sich wieder zu seiner vollen Größe auf. »Ich wollte mich entschuldigen.«

»Aha!«, rufe ich in die wirbelnden Schneeflocken. Er hat das Milchwägelchen hübsch gemacht. Wie soll ich denn da wütend bleiben?

»Es tut mir leid«, sagt Grant und sieht zu mir hoch. »Ich hätte mit dir reden sollen. Dir alles erklären müssen, aber es kam mir so dämlich vor, wie ich mich benommen habe. Und dann ging es ja auch so … vor dem Kamin …« Er grinst. Macht leise *Argh*, als er merkt, was er gerade gesagt hat. »Och. Du weißt, was ich meine.«

Ja, weiß ich. Aber ich hatte noch nie einen Mann, der mit einem leuchtenden Milchwagen im Schneetreiben steht und sehnsüchtig zu mir hochsieht. Ich habe vor, diesen Moment auszukosten.

»Ich habe mich so trottelig benommen. Dabei wusste ich in dem Moment, als du mit der Ritterrüstung getanzt hast, dass ich verloren bin. Mir war sofort klar, dass du der wundervollste Mensch bist, dem ich je begegnet bin. Obwohl ich dich für die Frau hielt, die mir mein Schloss nehmen wollte. Ich hätte etwas sagen müssen, als Ms Norton mit ihrem Notizblock da war. Ich hätte sagen müssen, nehmen Sie Dùn Flùraichean, ich will nur diese Frau. Es tut mir leid, dass ich zu feige war. Och. Das klang alles viel romantischer in meinem Kopf. Ich bin nicht so gut mit Worten.«

»Dagegen kommen Romeo und Julia mit ihrer ollen Balkonszene nicht an«, flüstere ich dem Kissen zu.

»Was sagst du?« Grant sieht zu mir hoch und schirmt mit einer Hand die Schneeflocken ab, die ihm ins Gesicht fallen. »Kannst du mir verzeihen?«

Ich wackle unschlüssig mit dem Kopf. »Möglich.«

»Kommst du zu mir?«

Ich nicke und flüstere dem Kissen zu: »Wem will ich etwas vormachen? Er hatte mich schon bei ›frohe Weihnachten‹.«

Kapitel 14

Grant

In einem langen roten Mantel kommt Tina durch den Schnee auf mich zugestapft, die Arme um sich geschlungen und die Kapuze tief in die Stirn gezogen. Sie bleibt dicht vor mir stehen und sieht zu mir auf, die blauen Augen leuchten wie Sterne und die Welt gefriert.

Wir beide, im Inneren einer Schneekugel, nur Stille und die schwebenden Flocken um uns herum.

Sie lächelt, und ich weiß genau, was dieses Lächeln heißt. Ich lege meine Hand an ihre Wange, küsse sie. Wir können also ohne Worte kommunizieren. Ganz wundervoll können wir das.

»Was jetzt?«, fragt sie, als ich sie wieder loslasse und wirft einen fragenden Blick zurück zum Pub. »Darf ich dich auf einen Tee aus dem Wasserkocher auf mein Zimmer einladen?«

»Och, aye, das klingt fantastisch, aber eigentlich bin ich hier, um dich auf einen Ball einzuladen.«

Ihre Augen werden rund. »Ich dachte, den hast du abgesagt?«

»Wankelmütig«, sage ich und küsse sie auf die Stirn. »Weißt du doch.«

Sie kichert. »Du hattest ihn gar nicht abgesagt?«

»Natürlich nicht!«

»Ein Ball! Ich hole nur schnell mein Kleid!«

Ich deute auf die Ladefläche des Milchwagens. »Ich habe eine Überraschung mitgebracht.«

Tina gluckst vor Freude, als sie den Deckel der großen rosafarbenen Pappschachtel anhebt. »Du hast nicht wirklich …!«

»Ähm, nein, ich nicht. Aber es ist erstaunlich, was zwei Teenager mit einem Computer und meiner Kreditkarte so alles in einer Woche fertigbekommen. Ich hoffe, es passt. Alan sagte, er wüsste deine Größe.«

Er hat mir erzählt, wie verliebt Tina das Gemälde von Urgroßtante Beitidh ansah. Natürlich habe ich ihn und Paul sofort dazu verpflichtet, nach so einem Kleid zu suchen, nachdem Tina letzte Woche abgereist ist.

Lachend klettert sie auf den Beifahrersitz des Milchwagens. »Dann fahr er mich zum Ball!« Sie lacht. »Und bitte schnell, das Ding hat keine Sitzheizung!«

Tina

Es passt! Wie angegossen, und ich kann sogar atmen. Ich werde nachher im Vorbeigehen der Dame auf dem Bild zuwinken. Vielleicht freut es sie, dass nur ein Jahrhundert später jemand in fast dem gleichen Kleid viel mehr Freiheit hat. Tatsächlich haben Paul und Alan es geschafft, ein Kleid zu bestellen, das dem auf dem Gemälde täuschend ähnlich sieht. Opulente goldene Stickereien verzieren den Traum von einem Kleid, zarte eisblaue Seide fließt über meinen Körper und bauscht sich raschelnd bei jedem Schritt. Ich habe mich in »meinem« Zimmer unter den strengen Augen von Lady McBalfour umgezogen, sogar sie schien nicht vollends enttäuscht von meinem Anblick zu sein.

»Machen Sie keinen Unsinn, solange ich weg bin«, rufe ich ihr zu, trete in den Flur hinaus und muss direkt lachen. An der Wand gegenüber prangt ein großer roter Pfeil aus Bastelpappe. Offenbar hat Grant ihn dort angebracht, nachdem er mich in meinem Zimmer abgesetzt hatte.

»Ich warte unten auf dich«, hat er gesagt und ist gegangen. Um die Pfeile aufzukleben, die mir jetzt den Weg weisen. Dabei führt mich heute Musik durch die Gänge, ich hätte den Weg zum Ballsaal auch mit geschlossenen Augen gefunden. Was ich nicht ausprobiere, schließlich will ich nicht über den Saum meines prächtigen Ballkleides stolpern oder mit einer weiteren Ritterrüstung zusammenrasseln. Was ich mit offenen Augen feststelle, ist, dass nirgendwo mehr ausgestopfte Tiere an den Wänden hängen, viele der alten Gemälde sind auch verschwunden. Sicher waren sie Bestandteil der großen Show, die Grant und die Mackenzies für die Gutachterin vorbereitet hatten, mit der sie mich verwechselten. Grant hat mir auf dem Weg den Berg hinauf – den wir im Schritttempo zurücklegten – die ganze Sache erklärt. »Alan und Paul wollten dir eigentlich noch Sojasoße mit Milch als Tee servieren, jetzt bin ich froh, dass ich die beiden von ihren Streichen abgehalten habe.«

Das, was sie vorbereitet hatten, reichte aber, um Ms Norton zu dem Schluss zu bringen, dass Dùn Flùraichean gänzlich ungeeignet als Golf- und Wellnesshotel wäre. Grants Stiefmutter hat über ihren Anwalt ausrichten lassen, dass sie vom Testament zurücktritt, da sie von den Zuständen zu schockiert war. Die Gutachterin hatte ihr berichtet, dass das Schloss zu viel Arbeit verursachen würde und die Bewohner zu kauzig wären, um sie unter einem Dach mit Wellness-Gästen leben zu lassen. Das alles stünde in keinem Verhältnis zum materiellen Wert der Immobilie – jede von Avas Wohnungen in New York brächte ihr beim

Verkauf mehr Vermögen ein, als Dùn Flùraichean es tun würde. Also fiel ihr der Verzicht leicht.

»Nicht zuletzt wegen deines Wutanfalls«, sagte Grant. »Auch wenn es schrecklich war, den mit anzusehen: Danke.« Meinetwegen kann er sich gern ein paar Mal mehr bedanken heute Abend, denn jedes Danke ist mit einem langen Kuss verbunden.

Vor den Türen des Saals wartet Grant auf mich, umwerfend attraktiv in seinem klassischen Kilt. Er reicht mir seinen Arm.

»Du siehst in diesem Kleid fast so umwerfend aus wie in deinem Bärenkostüm mit Werkzeuggürtel.«

»Fast? Soll ich mich lieber wieder umziehen?« Ich drehe mich um, doch er greift nach meiner Hand und zieht mich zu sich. »Untersteh dich«, flüstert er und küsst mich. »Bereit für den Weihnachtsball, meine Schöne?«

»Bereit für einen Tanz, McBeast?«

»McBeast?« Er hebt eine Augenbraue.

»Den Spitznamen hast du verdient, du warst sehr biestig zu mir.«

Er lacht leise. »Ich fühle mich kein bisschen biestig, wenn du bei mir bist.« Er küsst mich sanft auf die Stirn. »Das war auch nicht wirklich ich, das weißt du.«

»Ich weiß.« Ich lehne mich an ihn. »Ich freue mich sehr darauf, dein wirkliches Ich besser kennenzulernen.«

»Ich mich auch.«

»Perfekt, dann können wir ja jetzt tanzen!«

»Tanzen?« Er schüttelt den Kopf. »Das geht zu weit.«

»Bist du dir sicher?«

»Und wie!« Lachend stößt er die Türen auf, und ich bleibe wie angewurzelt stehen.

Der bisher so graue, kalte Saal ist voller Menschen, die lachen und tanzen. Eine kleine Band spielt fröhliche Musik, ich sehe opulente Ballkleider, Männer in Kilts und Anzügen und Kinder, die sich ausgelassen auf der Tanzfläche im Kreis drehen. Die großen Fenster sind mit goldenen Vorhängen geschmückt, von der meterhohen Decke funkeln Tausende Lichter. Ein Meer aus winzigen Lämpchen taucht die große Halle in warmen Schein. Zwischen den Lichterketten schweben an unsichtbaren Fäden Weihnachtsornamente. Glänzende Christbaumkugeln, schlicht oder reich verziert, daneben drehen sich filigrane Engel aus geschliffenem Glas. Schimmernde Glöckchen, Vögel und Sterne stehen in der Luft über der Tanzfläche, schillernde Farben leuchten wie weihnachtliche Sterne.

»Gefällt es dir?« Grant legt seinen Arm um meine Taille.

»Es ist umwerfend.«

»Gut, dann hatte Milosz ja recht.« Grant winkt über die Gäste hinweg Milosz zu. »Er hat uns beraten und meinte, das entspricht deinen Vorschlägen.«

Vom anderen Ende des Raumes winkt Milosz zurück. Er hält Lucy auf dem Arm und lässt sich von ihr etwas sehr Wichtiges über die Häppchen erklären, die auf dem Buffet an der hinteren Wand des Saals zu sehen sind. Die furchtbare lange Tafel, an der wir zwei trostlose Abendessen hatten, quillt jetzt fast über von den Köstlichkeiten, die Jeanne Marie gezaubert hat.

»Es ist wundervoll.« Mein Blick wandert wieder an die hohe Decke des Saals, von der es nur so glitzert und funkelt. Unsere Sachen sind das nicht. »Woher habt ihr diesen wunderschönen Schmuck?«

Grant zuckt mit den Schultern. »Ich habe doch gesagt, hier kommt nie etwas weg. Mein Großvater hat Kisten über Kisten voller Weihnachtsschmuck für seine

Bälle gesammelt. Früher gab es in der Halle einen riesigen Weihnachtsbaum voller Schmuck, aber …«

»Das ist viel schöner!«

»Den haben wir nicht noch fällen können, wollte ich sagen.«

»Perfekt!« Ich küsse ihn auf die Wange, und Grants Mundwinkel zuckt. Zufriedenes Lächeln in der minimalistischen Ausführung.

Um uns herum lachen und tanzen die Gäste, nur Grant steht wie ein Fels in der fröhlichen Brandung.

»Grant?«

»Mh?«

»Es ist okay, wenn du nicht tanzen kannst. Ich führe.« Ich lege meinen Arm um ihn und ziehe ihn entschlossen in die Mitte des Saals.

»Oh, ich kann tanzen. Ich will nur nicht.«

»Ach, weil deine Gäste dann glauben könnten, du wärst etwas anderes als ein sehr schlecht gelaunter Gastgeber?« Ich tänzle um ihn herum.

»Och, jetzt machst du es schon wieder.«

»Was mache ich?«

Er lacht. »Meine schöne schlechte Laune kaputt.«

Er packt mich und wirbelt mich herum, dreht sich lachend mit mir über die Tanzfläche, bis uns beiden schwindelig ist und wir am anderen Rand der Tanzfläche wieder zum Stehen kommen, aufmerksam beobachtet von Lucy und Milosz.

»Wenn du möchtest«, sagt Grant, »kannst du das gern jeden Tag machen.«

»Was? Tanzen?«

»Mir meine schlechte Laune verderben.«

»Nichts lieber als das«, sage ich.

Grant hebt mich hoch und küsst mich. Hinter uns jubelt Lucy auf und reckt strahlend beide Daumen nach oben.

»Was hat sie?«, fragt Grant an meinem Ohr.

»Oh, ich glaube, sie hat soeben das glückliche Ende zu ihrem Märchen gefunden.«

»Wie schön«, sagt er leise. »Ich habe meines auch gerade gefunden.«

ENDE

Danksagung

Liebe Leserinnen, liebe Leser,

ich freue mich so, dass ihr mich auch weiter auf meiner romantischen Reise begleitet. Ohne euch wäre es nur halb so lustig! Während ich schreibe, bin ich allein mit meinen Figuren und es ist so aufregend, sie in die Welt und zu euch zu schicken. Ich hoffe, ihr habt euch auch mit Tina und Grant wieder gefallen und konnte euch für einen Moment verzaubern und vom Vorweihnachtstrubel ablenken.

Wenn euch die Geschichte gefallen habt, lass es mich wissen und bewerte sie gern bei Amazon, das ist tatsächlich sehr wichtig für alle Autorinnen und Autoren.

Wir lesen uns bald wieder, bis dahin wünsche ich euch eine wundervolle Weihnachtszeit!

Herzlichst

eure May B. Flowers

PS Ihr wollt keine Neuerscheinung mehr verpassen? Dann meldet euch auf meiner Homepage may-b-flowers.de für meinen Newsletter an. Oder folgt mir auf Amazon. Oder ihr sagt mir auf Instagram Hallo, dort findet ihr mich als maybflowers_autorin

HERZÜBER INS CHAOS:7 MINUTEN FÜR DIE LIEBE

Kein Date für den CEO!

Abbies neuer Boss muss ein Fiesling sein, sonst hätte er die Dating-App »7Minutes« nie erfunden! Doch als sie den CEO Tom trifft, stellt Abbie fest: Obwohl ihr Chef teuflisch gut aussieht, scheint er nicht der Teufel zu sein, für den sie ihn hielt.

»Herzüber ins Chaos« ist ein abgeschlossener Liebesroman.

♥

LIEBESCHAOS IN CORNWALL:

7 MINUTEN FÜR DIE LIEBE II

Zwei beste Freundinnen, zwei Fake-Dates und Gefühlschaos hoch zwei!

Vier aufregende Tage, drei chaotische Nächte, zwei charmante Begleiter, ein niedliches Mini-Schwein – für die besten Freundinnen Merryn und Effie wird die Hochzeit in Cornwall alles verändern …

Humorvoller Liebesroman mit Happy End.

STERNSCHNUPPEN ÜBER LONDON –

CUPIDS OF LONDON 1

Kann aus Konkurrenz Liebe werden?

Nur drei Tage Zeit, ein hohes Preisgeld und eine Schnitzeljagd durch London und ausgerechnet Hollys Konkurrent Scott lässt ihr Herz schneller schlagen.

Sternschnuppen über London *- Der Auftakt der Liebesroman-Reihe über die drei Freundinnen Holly, Vivian und Meg. In jedem Liebesroman findet eine von ihnen ihre große Liebe, obwohl sie doch eigentlich etwas ganz anderes sucht.*

Drei in sich abgeschlossene Liebesromane mit viel Liebe und Humor, etwas Gebäck und auf jeden Fall einem Happy End.

♥

ROSEN FÜR MISTER CASANOVA –

CUPIDS OF LONDON 2

Maskenball und magische Momente

Für Vivian steht fest: Nie etwas mit einem Kollegen anfangen! Ein Wochenende mit ihrem Kollegen Ben in

einem romantischen Herrenhaus wirbelt sowohl Vivians eiserne Prinzipien als auch ihre Gefühle durcheinander.
Ein humorvoller Liebesroman mit gefühlvollen Liebesszenen und Happy End.

♥

CUPCAKES UND ROCKSTARS – CUPIDS OF LONDON 3

Eine Bäckerin mit einer Mission, ein Mann mit einem Geheimnis und eine zauberhafte Lady mit einer bewegenden Vergangenheit …

Jasper möchte nur einmal nicht wie ein Rockstar behandelt werden. Da kommt es gerade recht, dass die umwerfende Bäckerin Meg keine Ahnung hat, wer er ist.

Zwei Liebesgeschichten in einem Roman mit Humor, großen Gefühlen und Happy End.

♥

CHRISTMAS FÜR CAROL – EIN WEIHNACHTLICHER LIEBESROMAN

»Nein, Mum! Kein Zimt, kein Weihnachten, kein nix! Meine Backmischungen enthalten keinerlei Spuren von Feiertagen und sind auch für Weihnachtsintolerante geeignet.«

Um nie wieder Weihnachten feiern zu müssen, lässt Carol

sich auf einen Deal mit Nick ein, der Weihnachten liebt.

Ein humorvoller Liebesroman und ein Weihnachtsroman für alle Weihnachtsmuffel und Weihnachtsfans über Familie, das Fest der Feste, ein Rentier und natürlich die Liebe.
Diese weihnachtliche Liebesgeschichte mit Happy End ist sehr, sehr frei nach Charles Dickens „A Christmas Carol" erzählt.

Printed in Germany
by Amazon Distribution
GmbH, Leipzig

31079633R00111